# 寂寞的頻率

さみしさの周波数

乙一

序

# 特別寫給中文版讀者

大家好，我是作者乙一，謝謝大家閱讀這本書。不過，其實當我一聽到這本書要在台灣出版，就突然渾身發癢，這都是因為讓大家閱讀這本小說中所收錄的短篇故事，讓我覺得很害羞的緣故。

而這麼害羞的作品卻是我自己寫出來的。這些作品要我重讀一遍是不可能的，我光是看到書名就會心跳加速，呼吸困難，想起內容就會頭暈，沒辦法直線向前走。要是看到書中的幾行文字，我就會因為太過害羞而口吐白沫。如果聽到有人在我耳邊唸出內容的話，頭髮就會一瞬間掉光光。若是有人在我身邊畫這本書的插圖，我想我當天就會自爆而死吧！總而言之，就是有這麼害羞啊！

那麼，首先就讓我來發表一下本書收錄作品的「害羞排行榜」。

第一名：〈未來預報〉

第二名：〈膠卷中的少女〉

第三名：〈小偷抓住的手〉

第四名：〈失去的故事〉

第一名到第三名是在雜誌發表的作品。

最後一篇〈失去的故事〉則是這本短篇小說集在日本出版時才寫的作品。老實說，當我得知這本短篇小說要出版的時候，想起曾經在雜誌發表過的第一到第三名的作品，就有了「這一定會變成一本害羞的書啊！」的覺悟，於是我認為要是不寫出像樣的新短篇就完蛋了，因而完成了〈失去的故事〉。

而第一到第三名的作品，或許大家會好奇內容到底是什麼吧！不過我不打算在此說明，因為只要一提起內容，我可能就會因太過害羞而身體狀況變差。所以我打算聊聊當時寫這些小說的寫作狀況。

著手寫第一名到第三名作品的時候，我正處於該寫些什麼好的困惑時期，而這幾篇作品剛好都是雜誌《The Sneaker》請我寫的作品。我那時明明就沒有想要寫的題材，但是卻因為剛好有出版社拜託，而且自己又害怕生活窮困，所以就答應下來了。沒有想寫的東西，截稿日卻漸漸逼近，沒辦法，顧不得作品好壞，既然是工作就必須處理好，因此與其說是創作，倒不如說是處理事務罷了。

而當時周圍彌漫著讀者們希望乙一寫些「悲痛的故事」，於是我就被這股風氣牽著走，連自己都搞不清楚自己到底想寫些什麼了。因為讀者想看「悲痛的故事」，所以我當時想自己必須順應讀者才是。如果我擁有能回應讀者的期待，也能讓自己更上一層樓的作家才華就好了，然而遺憾的是，我只是個平凡的作家。

反省了當時的行為，現在已有所成長的我，應該可以更順利地處理這樣的事情了吧！現在若有編輯請我寫作，而當時我沒有靈感的話，我已經有勇氣拒絕了。為了不讓我的創作變成例行公事，我會盡量確定自己有能力後，再接下工作。

目前我算是在出版界生存下來了，雖然有好幾次快要放棄，但是我總算生存下來了。這大概是因為當時的反省還留在心中的緣故吧！而這本書就是年輕時的我的墓碑。

話說回來，這篇序變成了不知道在說什麼的序了。讀者們、還有出版社的各位，真是非常抱歉。這本短篇小說對我來說，真的是讓我感到非常害羞的一本書，如果可以的話，請大家不要把感想寄給我。如果讓我聽到讀者們說：「我看完囉！」我大概會當場昏倒吧！所以如果大家買了這本書，我也希望你們跟我說：「我沒有看哦！」拜託你們了！

二〇一一年七月二十六日

乙一

# 目次

## 未來預報

希望明天是　好天氣

# 1

那十年是我人生中最重要的一段時期，不過，這並不意味著我在那段期間解決了人生中的重大課題，或是經歷了困難的冒險，我只是慵懶地度過那些平淡無奇的日子。所以我想，聽完我那十年人生故事的人，大部分都會覺得十分無聊，浪費時間吧。

現在，一切都已結束了，而我也可以平靜地將那些事當作往事告訴別人，不過當時我卻無法向任何人提起。十年前，我像是無所畏懼，什麼也不去思考，只是一味地玩樂；而幾年前的我，卻對自己的生活方式產生了強烈的懊悔。

但無論如何，我心裡始終只想著那個女孩。

上小學的時候，家的位置是相當重要的，譬如：學校舉行什麼例行活動的時候，學生會按照住址所在的區域進行分組，而上學或放學時因為路線相同，住得近的同學也總能在路上相遇。

明確地說，我和清水之間除了住得近以外，就沒有其他關聯了。我和她在教室裡都是那種不起眼的學生，平常也幾乎沒說過什麼話。

小時候，我就知道清水這個女孩，但我們並沒有很要好。她似乎很喜歡看書，平日她的左手總是提著一只手提袋，用來隨身攜帶圖書館的書。她身體不好，有的時候會請假，那時我就得在回家途中，將學校供應給她的那份麵包帶到她家裡去。

我們就讀的小學所供應的午餐，都是向營養午餐供應商訂購並由他們配送。米飯和麵包是輪替供應的，麵包通常是吐司或橄欖形餐包，偶爾也有葡萄麵包或牛角麵包，每個麵包一定會分別用塑膠袋包好。

如果有同學缺席，他那份就會多出來，所以必須有人把麵包送到缺席者的家裡去，而這個人通常都是住在缺席者家附近的同班同學。也就是說，每當清水沒來上學的時候，我便會奉命當麵包投遞員。

十年前的那一天，雨從早上開始就下個不停。我撐著傘走在回家的路上。天空中落下無數的水滴，清洗著住宅區的每一個角落，柏油路上凹陷的地方積了水，形成一些小小的水窪。走著走著，我的鞋已經完全被雨打濕了。我覺得雨傘根本就遮不到腳，我很討厭雨傘，撐著雨傘的時候一定要用一隻手拿著，很不方便，而且風一颳，雨傘就像快要飛走一樣。我甚至想，倒不如淋雨回家好了。別人實在無法了解我是多麼憎惡雨傘，甚至想要把它從這個世界上消滅，我邊走邊想著這件事。

還有五分鐘路程就可以到家的時候，我發現一戶人家的前面佇立著一個女孩，撐著黃色的雨傘，背上揹著紅色書包，是清水。她有些不安地抬頭望著那棟房子。

那房子是很普通的獨棟房屋，周圍像蓋印章似的排列著同樣的建築。聽母親說，那棟房子就是轉學到我們班上那男生的家。

那傢伙叫古寺直樹，因為那天應該上學的他缺席了，所以我和他還沒見過面，不知道他長得怎麼樣。

想到這裡，我明白清水為什麼會在他家門前出現，一定是老師要她把麵包帶到前幾天才剛搬來的男生家裡去吧？但我裝作什麼都不知道，上前和她說話。

「妳在做什麼？」

她回過頭來，看見是我，好像鬆了一口氣似的。

「我來送麵包。」

她好像不敢一個人按門鈴進去拜訪，所以站在門口努力想讓自己放輕鬆。雖然她並沒有這麼說，但我是如此理解的。

「是嗎？」

我一邊說，一邊自作主張地按了他家的門鈴，清水不禁輕輕地「啊」了一聲。

站在門外也能聽見屋裡的電鈴聲。不一會，一個和我年紀差不多的男孩打開門，我立刻就知道他是古寺直樹本人，同時感覺到身後的清水有點緊張。

「你們是誰？」

他頭微偏地隔著門問我和清水。我算是高個子，但在同齡的孩子當中，我從未見過像古寺這麼高大的。不過他的肩膀很窄，戴著眼鏡，下巴尖尖的，像根木棒。本來以為他沒來上學可能是生病了，但他的臉色看起來很好。

「我們拿麵包來給你，學校午餐供應麵包的日子，會讓同學負責把麵包送到缺席者的家裡。」

送麵包的本來不是我，而是清水，但為了方便，我就這樣解釋。如此一來，他似乎知道我們是誰了，於是帶著苦笑似的說道：

「小學總有些奇怪的規矩，無論走到哪裡都一樣。」

從我父母的閒談中得知，他父親的工作需要不停調遷各地，因此他也跟著不停地搬家，現在也不過是暫時和我就讀同一所學校而已。

古寺招了招手，示意我們進去。我進了門，走上台階，收起了令人厭惡的雨傘，往後面一看，清水還呆呆地站在門口。

「來吧，不是要把麵包給他嗎？」

在我的催促下，她一邊點了點頭，一邊慌慌張張地來到玄關前，站在我的旁邊。她收起黃色雨傘，慌忙地想從沾滿雨滴的書包中取出麵包，但古寺制止她說：

「等等，先進來再說吧。」

「不過，把麵包拿給你就沒事了。」

我這樣說道，因為事情本來就跟我沒關係。

「我給你們看一件有趣的東西。」

古寺愉快地拽著我和清水的手說道。

脫鞋的時候，清水還是猶豫了一下。

「我還……還是回去吧……」

可是古寺卻像挽留老朋友似的，硬是把我們推上了樓梯。

古寺的房間實在很單調，除了床、桌子和電視以外，幾乎沒什麼家具。他不知道從什麼地方拿出三個坐墊放在木地板上，讓我和清水坐在上面。清水身上緊張的氣息，透過空氣傳到我那被雨水打濕而冰冷的手腕上。

「你叫什麼名字？我們是同一班的吧？」

古寺問我，於是我告訴他自己和清水的名字，並說我們就住在附近。

「聽說你今天原本要來學校的。為什麼沒來？生病了？」

「沒有，只是覺得麻煩，所以沒去。」

可能對於知道馬上又會轉學的他來說，學校就是那麼一回事吧。而我只是一個普通的小孩，所以我覺得因為麻煩而拒絕上學的他，有一種不良少年的帥勁。

可是，他究竟為什麼要讓我們進來呢？畢竟我們才第一次見面啊。正當我納悶的時候，他愉快地拿出了一本筆記本。

「我讓你們進來不是為別的，就是要讓你們看看這個。你們一定會大吃一驚的。」

那本筆記本似乎一點也沒有被愛惜，被弄得髒兮兮的。古寺翻開了正中央的某一頁，上面只有三行鉛筆字跡奢侈地排列在中間位置。

第一行寫的是一年前某一天的日期，第二行是今天的日期，第三行寫著某個名人的名字。那名字很眼熟，是一個最近很受歡迎的電視節目主持人，由於患了癌症，他從兩個月前便開始住院接受治療，而那個節目現在也換了別的主持人。

這又怎麼了？我完全不懂是什麼意思。我看了看古寺，他拿起電視遙控器，輕輕笑了一笑。

「你們上學去了，可能還不知道吧？」

說著，他打開了電視。電視正播放新聞，記者用嚴肅的表情報導著，不一會，我發覺那是一則有關某位名人死訊的報導。

那個死去的名人，正是古寺的筆記本上所寫的那個人。

「好像是今天中午死的。你瞧，很有意思吧？」

我心想：對別人的死幸災樂禍，真是個沒教養的傢伙。

「……這個日期是什麼？」

一直默默看著筆記本的清水第一次發出聲音。她用手指著筆記本上那三行字的第一行。

古寺的表情好像在說，這個問題問得好。

「第一行是寫下這些文字的日期。」

「啊？那麼，你是在一年前寫下這個的囉？……」

古寺點了點頭。

一瞬間，我們都沉默了。儘管如此，我仍然摸不著頭腦，可是清水卻瞪大了眼睛輪流看著筆記本、古寺和電視機。

「妳怎麼了？」

我這樣一問，清水突然把頭轉向我，那氣勢簡直就像要從坐墊上跳起來似的。

「一年以前，應該還不知道他得了癌症啊？」

古寺預先知道了今天發生的事情，並在一年前寫在這個筆記本上，也就是說，他知道未來將要發生的事情。清水如此說明。

「要是不相信也無所謂。」

古寺說。

讓我們以為是一年前寫下的，其實應該是今天看了新聞之後才寫的吧？不過是耍些作弄人的小把戲罷了。古寺好像看透了我心裡的想法似的，他說：

「從幾年前開始，我就常常看得到未來，於是，我就把看到的都寫在筆記本上。」

清水正翻閱著古寺的筆記本，我也在一旁看，每一頁都只寫了三五行字。每頁的第一行都是日期，古寺說那都是寫下記錄那頁的當天日期。第二行以後，就寫上了各式各樣的內容，如人名或地名什麼的，基本上都只是些詞彙的排列。在第二行也寫上日期的，好像只有名人死亡的今天。

「這上面記錄的全都應驗了嗎？」

古寺搔了搔頭。

「全部倒沒有，一半左右……不，也許更少，其中可能也有一些應驗了卻無從證實的。」

古寺似乎並不清楚哪一頁的紀錄會在何時成為怎麼樣的事實，畢竟筆記本上只是羅列了一些詞彙而已。今天的事情也一樣，上面並沒有明確寫著「某名人去世」等字句，只是記錄著他的名字而已。

我想起了諾斯特拉達姆斯的預言書，那不也是騙人的把戲嗎？事先用曖昧的詞語拼湊成詩句，一旦有什麼事情發生，就找來意思相似的詩句說那件事早就被預言了。

「雖說看見未來，但也不是完全準確、一定都對。」

古寺如此說明。由於他這種能力就像天氣預報一樣，並不是絕對準確，所以他稱之為「未來預報」。

從那天以後，我和清水兩人常常在回家途中到古寺家。她好像沒辦法一個人去按古寺家的門鈴，如果我問她是不是這樣，大概會遭到否定，但我總覺得我的判斷是正確的。

「你回家時會去古寺家嗎？」

放學後，清水畏畏縮縮地和我說話。

「嗯，反正沒什麼事。」

「我也可以一起去嗎？」

我們約好在他家門前會合，因為我們從沒有想過兩個人一起走到那裡。

「當我看見未來的時候，就像走夜路時，突然看見兩旁一晃而過的招牌那樣。」

古寺說。這是他對於「看見未來的時候有什麼感覺」這問題的回答。

「看見未來的一瞬間，是很模糊不確定的，總會覺得是不是自己看錯了。但是當它消失在黑暗中的時候，又會覺得那一定是未來會發生的事情。」

據古寺說，他看過一些鮮明的圖像，就像看照片一樣，有時卻只是一串數字從黑暗中浮現出來。

筆記本的某一頁上，記錄著一行混合了數字和英文字母的文字，大概有十來個那麼長。

「這代表什麼意思？寫下這個的時候，你看到了怎樣的未來？」

然而古寺只是聳了聳肩。

「我也不曉得這是什麼意思，腦海裡只是浮現出這樣一組文字。有可能是偽鈔的號碼，也可能是中了一億圓的彩券號碼。」

據古寺說，這種文字排列的未來預報最難預測，情況好的時候，能看見像攝影機拍下的畫面一樣清晰的未來景象。他還補充說，即使是這樣的未來預報也是不確定的。我心想，這真是一種奇怪又不夠明確，而且沒什麼用處的能力。

古寺的預言能力是真是假，我無法判斷，有可能確有其事，但也有可能只純屬偶然。

然而清水卻好像深信不疑。

「妳是不是相信血型占卜之類的東西？」

我試著問她。

「是啊，我相信……」

她好像想說：理所當然的事，為什麼還要問？

不過遺憾的是，有一天，我知道了古寺的預言能力只不過是個騙局。

「小泉，你們家會養一隻白色的小狗。我前幾天睡覺前，看見你抱著一隻白色小狗的景象。」

然而實際上，我家的狗並不是白色的。古寺對我說了這番話的三天後，父親帶了一隻黑色小狗回來。

的確，他說對了我們家開始養狗的事情，不過這是有原因的。

母親這麼說過：

「前幾天我和古寺太太，講到想養一隻小狗的事，最好是白色的……」

但是，要送小狗給我們的父親同事家裡，並沒有白色小狗，只有黑色的，所以我們家就養了黑色小狗。

古寺應該是從他母親那裡聽來的吧？於是就利用這個作預報，告訴我小狗的事情。

可是，我始終沒有去揭穿和追問事實的真相，一看見清水認真地聽著古寺講的話時，我就覺得不能把這件事說出來。

終於，那一天來了。這天是我喜歡的陰天，不冷不熱。風稍微有些大，天氣預報說幾天後將有暴風雨來襲。從古寺房間的窗戶，可以看見屋子側面的樹木被風吹得彎曲，發出聲響，連著樹枝的樹葉吧答吧答地不停晃動。

每次到古寺家，他的父母都不在，所以我和清水也可以毫無顧忌地登門拜訪。

而且我們並不是都在談論未來預報的話題。雖然那是清水的興趣，但我們也聊了很多其他沒營養的話題，比方說古寺從前住過的地方、遇見的人和其他有趣的事。

古寺給我看之前就讀學校的同班同學們送的卡片。不過因為古寺一直不去上學，所以他和那些同學從沒見過面。我看著那張卡片，忽然問清水：

「對了，去年的班刊上，妳寫了什麼？」

年底的時候，班上製作了一本班刊，同學們必須在那裡面寫下自己未來的願望。

「我寫想當一名繪本作家。」

她害羞地回答。

「小泉，你呢？」

「……這個嘛，我不能告訴妳。」

清水噘著嘴說：「真狡猾。」其實，我只是想不起來而已。那可是我最大的煩惱，我記得當時被問到將來的夢想，實在沒有辦法，就隨便寫寫敷衍了事。後來我覺得那本班刊實在無聊之極，馬上就把它扔了，現在也無法確認當時自己到底寫了什麼。

我和清水穿好鞋子準備回去，古寺也出來送我們。他抬頭仰望天空，風愈來愈大，清水不斷壓著被風吹亂的頭髮。

那麼，再見了。——我這樣道別的時候，忽然發覺古寺的樣子有些奇怪。他原本望著天空快速飄動的雲，不知何時，眼睛已經轉向我和清水，他的視線似乎非常遙遠，像在注視著遙遠的木星似的。

「我又看見了未來……」

不一會兒，他眨了眨眼，用肯定的視線看著我說話，臉上帶著笑，好像遇上了什麼有趣事情似的。

我想古寺大概又在故弄玄虛，所以只是半信半疑地點了點頭。

「想聽嗎？」古寺說。

「無所謂。」我說。

清水拽了拽我的衣袖，我看看她的臉，她好像真的很想聽。

「是這樣的，」他說：「你們兩個只要其中一方沒有死掉的話，就會結婚。」

## 2

我們的家離得很近，從二樓的窗戶向外望去可以看見彼此家的屋頂，也因為住得近的緣故，我從小就被拿來和清水比較。

「聽說加奈在算術測驗得了全班第一名呢。」

母親說起兒子這個住在附近的同學，充滿了羨慕之情，而看著我的考卷答案卻只是嘆氣。

我沒有和清水一起玩過的記憶，也沒有因為某個共通話題而跟她熱切討論過，我們明明從來都沒有留意過對方，但古寺那番莫名其妙的話，卻讓我覺得很不愉快。

我還清楚記得古寺說了那段荒謬話語後的情景。他說完之後就進屋去了，留下我倆默默無言地佇立在強風中。

「我跟妳說，那傢伙的預報根本就是亂講的……」

我本想打破尷尬，因為我覺得清水當時好像快要哭出來似的，她似乎根本沒有聽到我說的話，我看她的表情就知道。她只是看著我，表情就像一隻觸電的貓，除此之外沒有其他反應。

「回去吧。」

我想老是這麼站著也不是辦法，說著就在她鼻頭前用手拍了一下。她「哇」地嚇了一跳，差點摔倒，在她身上靜止的時間才又開始流動。

走了沒多久，我往我家的方向，她往她家的方向，我們便分道揚鑣。從古寺家到分開走的這段路上，我們一句話也沒有說，可是，連分別的時候也不出聲似乎太冷淡了。

「再見。」我對她說。

清水看著我，輕輕點了點頭，然後就跑開了，弄得背上的書包咚咚地響。

雖然我們一直以來也沒怎麼說話，可是自從聽了古寺的預報後，大概是因為難為情吧，我們開始在學校裡有意無意地躲著對方。

我開始不想走近她身邊，從前在走廊上相遇時，我們會平淡地擦肩而過，但現在卻很難做到，碰上了就不知道眼睛該往哪裡看。

古寺依然沒來上學，我也沒有再送麵包到古寺家，但清水似乎還是老老實實地做著這份差事。

有一次我看見她在古寺家門前，一眼就可以看出她是送東西來的，我卻不敢像以前一樣和她一起探望古寺，反而繞道而行，怕被她發現。

梅雨過後，夏天來了。

我和古寺常常騎著自行車到處玩。雖然他沒去上學，但朋友竟然很多，而且不限於我們班上的同學，還有其他年級的學生，也有其他小學的學生。他的朋友中甚至還有國中生和高中生，那些年紀比我大的人對我來說是很可怕的，但古寺卻和他們親密地輪流喝著同一瓶可口可樂。

關於我和清水不再說話這件事，古寺似乎沒什麼特別感覺，好像根本和自己無關似的，態度非常坦然。他在我面前幾乎沒有提過清水，連那次未來預報的事也好像忘到九霄雲外去了。

雖然心裡認為他是個自私又任性的傢伙，但我沒有怪他。雖然我和清水不再說話的確應該歸咎於他，但那對我來說也不是什麼大不了的事，因為我們本來就不是什麼要好的朋友，只是比以前更少說話而已，我的生活也沒有因此發生任何變化。

快要放暑假的時候，我和清水仍然沒有說話。老師有時會根據居住的區域把我和清水分到同一組，那時我們才會簡單地交談幾句，清水也故意裝作什麼事都沒有發生過。

暑假的某一天，我到了古寺那冷氣開得轟轟作響的房間。因為太冷，所以他全身裹著毛毯，他說把冷氣溫度調高會讓他有吃敗仗的感覺，所以他不願示弱。

「小泉，你看這個，又應驗了。」

他打開寫著預報的筆記本對我說。我一看，那一頁只寫了三行。最上面是大約一年前的日期，應該是記錄這一頁時的日期吧。第二行和第三行只是各寫著一個三位數字，第二行是「305」，第三行是「128」，不曉得是什麼意思。

「你沒看新聞嗎？昨天不是發生了一件空難嗎？三〇五航班的大型噴射客機著陸失敗，死傷者一百二十八人。怎麼樣，很準吧？」

「可是，沒有昨天發生事故的日期啊？」

「我可不會連日期也知道啊。」

「而且筆記本上也沒有說明是飛機呀。像這樣隨便寫幾個數字，總會有什麼新聞碰巧對上的。」

「你不知道吧？要兩個三位數字都命中，這可是天文學上的或然率啊。」

面對緊抓著毛毯向我抗議的古寺，我只好點頭表示明白。

暑假結束後，第二個學期剛剛開始的時候，古寺突然來上學了。

「我爸說要在這裡住下去了。」

本來古寺家最初是預計半年左右就會搬家的，但是現在好像突然決定要長住下來。

「反正沒事，就來學校看看。」

古寺的出席日數少得可憐，而且即使來學校也不一定來上課。不過即使如此，他還是順利地從小學畢業。當然，我和清水也不例外，畢業紀念冊上都留下了我們的照片。

我們三個人上同一所中學。

還是和以前一樣，我和清水之間總有點不對勁的地方。古寺對我們作了那次莫名其妙的預報以後，已經過了幾年，可是它還像詛咒般一直糾纏著我們。

清水是否也和我一樣耿耿於懷，我不得而知。我們的班級不同，很少碰面，也沒有交談，就算偶爾在校園裡遇見，也總是下意識地不靠近，更不知道她現在怎麼想了。也許她已經不在意古寺的話了吧，就算當時她完全相信古寺說的話，現在也應該意識到那只是無稽之談了吧。

說實話，我也沒有想到經過這麼久之後，我還記得當年古寺的未來預報。本來應該是一笑置之的事，但我總會在某個不經意的瞬間想起。

要控制自己不去想一件事情是很困難的。有時看見清水的身影，我就假裝一點也不在意，什麼也沒有想，我不可以讓她知道自己對那件事還耿耿於懷。

我表現得很成功，在周圍的人看來，我和清水是完全不相干的兩個人。當然，實際上我們除了家住得近以外，也沒有別的關聯。

清水在班上並不是特別顯眼的那種學生，但臉蛋長得也算端正，因此中學快要畢業的時候，男生們的談話中已經開始出現她的名字了。

我第一次思考自己的人生是在中學三年級的時候。那時我們要在志願調查表上填寫自己想考的高中，於是，我不得不第一次面對自己的將來。

「你將來到底想做什麼工作呀？」

母親和祖母常常這樣嘮叨，每一個字都讓我覺得很煩，忍不住感到憤怒。之後，我開始思考自己的存在價值等難題。旁人看來也許覺得很滑稽，但對我來說卻有種確實的感覺，畢竟我也到了該考慮這些事的年齡了。

自己會成為普通上班族嗎？每天穿著西裝到公司上班嗎？每天乘坐擠滿人的通勤電車嗎？

某天晚上，我躺在床上輾轉難眠，盯著天花板呆呆地思索。那是個雨夜，耳朵裡只有雨滴敲打屋簷的聲音。

我對未來根本沒有什麼夢想，我從來沒有想過要當個足球運動員或小說家什麼的，然而，我也不想只是做一個小小的公司職員，因為我覺得那很無趣。

唸小學時，我有個朋友一直夢想當一名棒球員，不知道他現在仍朝著那目標努力，還是早已知難而退了呢？我和他已經沒聯絡了，他怎麼樣了我也不得而知。

將來，我到底該做什麼呢？因為毫無目標，我只報考了一所程度不難的高中。

我、古寺和清水分別進入了不同的高中，可是我和古寺仍然保持聯繫，一到假日就常在一起玩。他很討厭上學，卻不知道為什麼腦袋非常聰明。不過，這世上就是會有這樣的人，平時不怎麼唸書，考試卻總能拿高分。我經常想，等著瞧吧，不久你就要下地獄了。並期待看到古寺將來一定會在講求學歷的社會中遇到困難，非常困擾的樣子。可是，事情並沒有如我所想像的，高中的入學考試期間他也在玩，偏偏考試成績卻名列前茅。

真沒意思，上天太不公平了。上高中以後，我變得非常討厭唸書，所以成績也一落千丈。每次古寺打電話叫我一起去玩的時候，我便忍不住覺得，為什麼會有這樣的差距呢？

「算了，反正唸書又不是人生的全部！」

在電玩中心裡，我這麼對古寺說。就在玩當時流行的格鬥遊戲時，一股近乎憤怒的感情突然在我心裡澎湃起來。我也不知道那是對什麼的憤怒，但當時我相信，那是我深刻思考人生意義後得到的答案。

聽我這麼講，古寺不禁發出一陣狂笑，店裡每個角落都蕩漾著他的笑聲。他很清楚，我只不過是因為討厭唸書，而為自己找藉口逃避罷了。

在家附近和清水擦肩而過或在街上看見她時，我都假裝沒有注意到她，清水也沒有主動和我說話。到了中學二年級的時候，我發育得很快，也許她真的沒有認出我來吧。

「聽說加奈開始在車站前的便利商店打工了。」

母親對我說。由於住得近，什麼雞毛蒜皮的小事都會傳到我耳中。

我心想，以後不能再去車站前的便利商店了。可是那家店就在去車站坐車的路上，所以每次經過便利商店時，我都刻意加快腳步，生怕被她看見。不曉得為什麼，我總是在逃避。我從未冷靜分析過，這到底是出於什麼心理。

某個冬日早晨。

白色的路燈還照亮著街道，冬季太陽起得晚，外面還是黑壓壓的。不過，就算太陽已經升起，天空被那黑煙般的雲厚厚實實地遮擋著，大概也不會亮到哪裡去。

出門上學時，一股強烈的冷氣向我襲來，這種時候我的耳朵總是會痛。外面的冷空氣把耳朵邊緣凍得冰涼，雖然不是那麼劇烈，但還是感到一種隱隱的疼痛。本來買個防寒耳套戴上就行了，不過我總覺得戴那玩意兒有損男子氣概，兩隻耳朵毛茸茸的，女孩子戴上還無所謂，高中男生可不合適。

到了巴士站，我一邊用雙手溫暖著凍僵的耳朵，一邊等巴士。由於用手捂著耳朵，我沒有注意到有人站在我旁邊確認巴士到站時刻。

當我突然往身旁一看的時候，發現那是在校服外面套上灰色厚大衣的清水，她似乎也沒有注意到旁邊的人是我。我們倆的視線碰上時，她眨了眨眼睛，顯然有些吃驚，於是我可以確定她並沒有忘記我。

也許因為是冬天，而且還有巴士站燈光照著的緣故吧。她的皮膚白得像雪一樣，隱約可以看見皮膚下青白色的血管。她呼出的氣息變成白色霧氣，漸漸消失在冬日的黑暗之中。

巴士到來之前，我們等了五分鐘，那是一段漫長的沉默。由於天色還早，路上幾乎沒有車輛行駛，寂靜籠罩著冬日早晨，沒有絲毫聲響。哪怕只是輕輕地轉動一下身體，聲音都會傳到清水的耳朵裡去，所以我站在那裡一動也不動。

我和清水都不知如何是好。如果還在意多年前那小孩子間的玩笑話是很可笑的，可是儘管如此，太長時間沒有說過話，現在也不知道該講什麼好了。那是一段很難熬的時間。

那天我沒有看早晨的天氣預報，即使看了，我也會覺得不準而不去理會。

我們兩人站在巴士站，突然，一些小石頭般的東西落在面前的馬路上，好像是從天上落下的，來得很突然，仔細一看，是一些白色的顆粒。我和清水幾乎同時盯住那些落在路上的東西。這是什麼？我們應該都抱著同樣的疑問，不過一瞬間後，我們都意識到那可能是冰雹。

就在這時，大量的冰粒開始從空中傾盆而下。

掉落的冰雹啪啦啪啦地落在整條街道上，也打中了我們的頭和手，雖然是微小的顆粒，但打在身上還是會痛的。

那個巴士站沒有可以遮擋的屋簷，只有一旁的商店遮陽板可以躲。我跑到遮陽板下避難，清水也慌忙地跟了進來。

柏油路上，冰粒啪啦啪啦地跳著，構成一幅奇妙的畫面。天空中不斷生出冰粒來，落在地上發出聲響。我和清水像丟了魂似的看得入迷，像在欣賞著神祇那不可思議的魔術。

「真厲害。」

我不禁讚歎，一旁的她像表示同意似的輕輕點著頭。

# 3

高中畢業後，我靠打工過日子。我既沒有上大學的頭腦，也沒找到一家願意收留我的公司。

對於父母來說，我一定是個汙點。在親戚之中，只有他們的孩子既考不上大學，又找不到工作。

表哥考進一所有名的大學，表姊也當了銀行職員，而我卻做每小時不到一千圓的打工，至今還向父母要零用錢。

高中畢業後第二年的一月舉行成人式，我坐古寺開的車前往舉行成人式的城鎮會場，車子並不是古寺自己的，他說是跟父母借的。古寺上的是本地一所數理科的大學。我問握著方向盤的他：

「大學畢業後，準備去哪裡工作？」

他搖了搖頭。

「不工作，我要考研究所，因為有東西想要研究。」

我問過他想研究什麼，可是因為內容太深奧，我立刻就忘了。不過古寺抱有明確的目標，生活顯得很充實。

我坐在副駕駛座上，感覺身體很沉重，甚至有些呼吸困難，那並不只是因為穿西裝打領帶的緣故，而是由於我覺得和古寺相比，我只是個打工混日子，沒有為將來打算的可悲角色。

車子停在會場外的停車場，下車後，才發現外面飄起了細雪。入口周圍聚集了一群一群的人，大多都是身穿西裝或和服，和我們同年齡的人。我看到了很多中學時期曾經見過的人，有從未搭過話卻常常在走廊上擦肩而過的，還有一些關係微妙，是朋友的朋友，有見過面但是不認識，也不知道該表現得熱絡一點或怎樣才好，而我竟然都還記得那些人的長相。

我幾乎和所有朋友都斷了聯絡，現在還會見面、常常一起玩和說話的，就只有古寺一人，所以當看到那些久違了的臉孔時，我覺得很懷念。

正當我們一邊避開人群，一邊向前走的時候，古寺突然這麼對我說。

「喂，她不在這裡啦。」

「啊？什麼？」

我不懂他的意思，於是反問。

「清水啊，你在找她吧？」

他說話時的神情非常自然，那直率的語氣顯示他不是在嘲諷，也沒有其他任何用意，就像一刀切斷黃瓜似的直截了當。

不是……我想這樣回答，可是沒法說出來。

我無法否認古寺說的話。其實我並沒有打算那樣做，但被他這麼一說，我才發現自己似乎真的在下意識中尋找她。

古寺居然看穿了我下意識的動作，這讓我很意外，因為他已經很久沒有跟我提起清水了。

「聽說她這三天感冒了，所以今天不會來，是聽我爸媽說的。」

「哦，是嗎？」

那又怎麼樣，與我何干？我只是無關痛癢地答了一句，卻不知道是否掩飾得住內心的動搖。

清水考上一所女子大學，雖然坐火車要花近一個小時，但她還是每天從家裡去上學。

我、古寺和清水仍然住得很近，感覺很奇妙。但我們幾乎不會在路上相遇，可能是作息時間不一樣的緣故吧。

「我呀，結婚了。」

五年沒見面的同班同學橋田說。我和他其實沒那麼要好，但我們都參加籃球社，而且都是幽靈社員。我們有著「都是同類」的自卑意識，所以彼此都還記得對方。

「我老婆現在正懷孕呢。」

他們家好像是從事建築業的，現在他子承父業，也有了幸福美滿的家庭。

「那太好了，你還滿厲害的嘛。」

我打從心底對他說。然後我忽然意識到，這世上還有「老婆」這個詞的存在。

「那你呢？現在在做什麼？」

他偏著頭問我。那可是個讓我悲傷的問題。

「對了，小泉，你住在清水家附近吧？」

突然聽到她的名字，我不由自主地調整了一下姿勢。

「她現在怎麼樣了？因為是現在我才敢說，其實我那時候很喜歡她，不過像我這種人啊，她是一定不會喜歡我的，何況她又長得漂亮。可是，高中時完全沒聽過她談戀愛的事情。」

話說回來，橋田和清水上的是同一所高中。我對於高中時代的她幾乎一無所知。

請各位進場，成人式馬上就要開始了——廣播中傳來入場的通知，於是我們停止交談，走進擺滿椅子的會場內。

成人式後過了半年。

我在一家高級飯店兼職當服務生。宴會廳位於飯店的三十八樓，幾乎每天都會舉行婚宴或公司派對之類的，我在那裡做些端盤子、收拾碗碟，或者擺放桌椅之類的工作。

新郎和新娘都會帶著幸福的微笑站在大廳內，接受無數目光的讚美與祝福，全身閃耀著迷人的光輝。有一次，舉行婚禮的新郎年紀比我還小，卻已經擁有家庭，在社會上找到了立足之地。

宴會進行的時候，我必須為客人端茶、倒水，處理他們的各種要求，忙得不可開交。儘管如此，當手頭空下來的時候，不經意看到新郎跟新娘，我便能感受到那股幸福的力量。

不知不覺地，我又再度想起古寺曾經做過的預報——他對我和清水開的那個該死的玩笑。

上中學以後，古寺就不怎麼和我說起未來預報的事了，我也沒有特意去問他，大概是玩膩那個遊戲了吧。我們還有其他更熱中的事，例如追喜歡的樂團，或是三更半夜沿著海岸飆車。就像對諾斯特拉達姆斯的預言反應一樣，過了一定的年紀就會突然覺得無聊，而那個未來預報也不過就是如此。

拖著疲憊不堪的身體打工回來以後，母親做的晚飯早已變涼了，我把晚餐放進微波爐加熱。我回到家的時候，通常大家都已經入睡了，從小學時就開始養的狗也對我不理不睬，反正牠本來也沒把我當作家裡的一員。

然而那一天，母親坐在電視機前還沒睡覺。

母親對附近的事很敏感，因此常常會告訴我一些意外的消息。

她和清水的母親常在一起聊天，有時偶爾在超市碰到了，甚至還會聊上好幾十分鐘。

「你平時的行為還有生活各方面，全都會傳到加奈耳中去的。」母親半開玩笑地警告我要改善自己的生活態度，我通常會笑著回答，但內心卻不知所措，總會不自覺地調整坐姿。

那天母親一看到我回來，便用一種「你可能聽說了吧」的語氣告訴我：

「聽說今天中午，加奈突然身體不舒服住院了。」

清水從小身體就不好，上小學的時候，我常常負責送麵包給請假在家的她，但我沒想到她的病情嚴重到必須住院，我還以為她長大以後會慢慢好起來，但她的身體狀況似乎比我想像的要嚴重得多。

小學的時候，那些不能在規定時間內吃完午飯的孩子，一定要吃完整份午餐後才可以去休息玩耍。當大家都到操場上玩的時候，他們則得待在安靜的教室裡和食物奮戰。

清水就是那樣的孩子。不知道是因為她的胃太小吃不下，還是因為不愛吃的東西太多，她大多都無法在規定時間內吃完，得一個人留在教室裡。

記得有一次我走進教室時，發現她正在盯著午餐發呆。那時候我們之間還沒什麼尷尬，只是一般的相處。

清水單手托著臉頰，一臉無趣地用湯匙戳著盤子，金屬餐具發出喀鏘喀鏘的聲響。由於午休以後要進行打掃，所以吃過午飯後都會把桌子移到教室後面。當時桌子都已經移到教室的後面了，清水就對著她的食物，坐在那些被擠在後面的桌子中間。

「妳還在吃啊？」

「……我討厭吃起司嘛。」

那天令她難以下嚥的東西，是我最喜歡吃的起司雞胸肉。我當時想，我這麼喜歡的東西，妳卻說討厭，這傢伙真是有毛病。

外面天氣晴朗，光線明亮，相較之下教室更顯昏暗，讓人覺得寂寞。

聽到清水住院的消息時，我不由得想起她被留在教室裡吃午飯的樣子。

她住的那間醫院就在我打工地點的那條路上，是一家很有規模的醫院。經過那家醫院的時候，病房大樓總讓我有些在意，忍不住將目光投向那邊，這樣的狀態已經維持了將近十年。

然而關於她的事，我卻總是極力不去想起，我甚至覺得如果不那麼做，自己就無法正常地生活。

飯店的宴會廳裡，有兩種人在工作，一種像我一樣是兼職的，另一種是和飯店有正式合約的正式職員。這兩者之間有很大的分別，正式職員當然比兼職員工尊貴得多，年紀比我小的正式職員都會露骨地對我投來一種眼色，彷彿在說「這傢伙真不中用」。

我不得不承認，打工族是屬於社會下層，而收入不穩定則是許多原因中最具決定性的因素，總而言之就是沒有地位，誰都瞧不起你。有一次，我向一個喝醉酒的親戚說明自己的狀況以後，他便開始向我說教：「真是沒出息啊。」而有時候也會得到一些安慰，例如：「雖然現在處在人生低潮，但是將來……」

在飯店裡聽到正式職員高談闊論的時候，我也覺得自己就像沒用的人渣。

我的確處於人生的最低潮，沒有大學學歷，沒有正職，將來也沒有目標，只是茫然地過著兼職的日子。

反觀古寺卻順利地提升自己的學歷，在成人式上遇見的橋田也已經有了可愛的女兒和美滿的家庭。

而我自己的前途卻是一片漆黑。因為實在太丟臉了，所以我終於不再向父母伸手要錢。

打工結束後，我就直接回家，就這樣每天默默無為地重複過日子。我一天所說的話，充其量只是和家裡的人打招呼，以及在飯店裡的賠禮道歉而已，有時甚至一整天都不說一句話。

我不曉得自己是為了什麼而活，如果明天我突然消失，也許誰都不會察覺。

每當我一這麼想，就覺得哀傷，並再次意識到自己在這個世界上是孤零零的一個人。走在熙來攘往的街上，總會看到那些快樂微笑著的行人或帶著孩子的幸福家庭，這些幾乎讓我不能呼吸，想要揪住自己的胸口蹲下來。

待在自己房間裡的時候，我常會因為苦悶而雙手抱頭。四周的牆壁、天花板、那個密閉的空間，都讓我的精神承受很大的壓力，耳中只聽見時鐘的秒針刻劃出時間的聲音。

我想起中學三年級時，曾經對自己的將來作過的思考。

那時我覺得當一個普通的上班族實在無聊透頂。自己曾多麼愚蠢啊。我不願在擁擠的電車上消耗人生，但我又做過什麼樣的努力呢？我心裡討厭那種無聊的生活，但是那時除了逃避眼前的課堂外，卻什麼也沒有做過。

時間啊，多希望能夠倒流。如果能回到從前，重新來過，我一定會好好地生活。我並不很清楚應該用什麼樣的生活方式，但我想一定會比現在活得好。

未來潛伏著不安，過去又有後悔糾纏著，人生是一件多麼困難的事啊。

跟人打架的那天，我的確是在自暴自棄。

在婚宴上是很少出現醉鬼的，因為那是祝賀的地方，所以一般人都不會喝得爛醉如泥，但是那個醉鬼也許在來這裡前就遇到了什麼不高興的事吧。

我在飯店大廳裡用銀色托盤送冰水的時候，看見眼前的醉鬼在纏著一個年輕女子。那女子顯得緊張而不知所措，於是我忍不住把手中的冰水潑向那個醉漢。

我被正式職員從大廳帶到裡面，然後被狠狠地訓斥了一頓。

「你呀你呀，你以為自己當了英雄是不是？」

「……不，我沒有那樣想。」

「笨蛋，那種情況，只要讓他安靜下來，坐到椅子上就行了。」

比我小一歲的正式職員瞪著我，並且十分巧妙地在言語中插入「低能」一詞來教訓我。

一回過神，我已經揍了那小子的臉。我們的鬥毆因為旁人的制止而迅速結束，但是先動手的人是我，所以我引咎辭職。

打架時，我左手的中指不知撞到什麼東西，晚上痛得很厲害。一定是骨折吧？必須去醫院一趟。

我躲在被窩裡思考從今以後的計畫，首先，必須買些求職雜誌找地方打工。今後自己應該怎樣過下去呢？會一輩子都找不到正職工作嗎？

我覺得自己好像置身於一張即將沉沒的木筏上，四周大海茫茫，看不見陸地，只有不安和恐懼伴隨。

我痛苦得喘不過氣來，於是從被窩裡爬出來，沒有開燈，打開了窗戶。因為是深夜，每家的燈都是暗的，寂靜的住宅區之上，是一片看不見星星的黑暗天空。

不知何時，我的目光停留在清水家。雖然知道她現在住院，不在那房子裡，可是我的視線卻像被緊緊地黏住一樣，無法挪開。

這時候，我知道，我已經患了重病。

雖然我很想否定，可是我不得不承認，我一直都在想著她。她已經成了我人生的一部分。我總是想像著她的情況，比如說：她現在一定在不同的地方和我一樣看著電視，或者，她現在也許因為忘了帶傘而在雨中行走。我知道，這種精神變化是來自古寺的未來預報。

每次當我體會到那種令人昏厥的可怕孤寂時，我都會想起清水，她就好像是我唯一的支柱。我並不是在想古寺的預言是否真會實現，而只是想，她就在這世上的某處，和我在同一片天空下，在同樣的時間裡生活著。

我認為對於她的感情並不是所謂的愛情，如果是的話，在苦惱過後，我一定會向她表白。清水的存在不知不覺中變得對我如此重要，是因為還有更確實、緊密而單純的東西存在。我沒法清楚說明那是什麼，但我想那一定是受傷後，讓筋疲力竭的靈魂可以依偎的一種東西。

儘管如此，我卻不能總是如此。總有一天，我必須脫離那種不是實際存在的東西獨立，也不能老是把這個「總有一天」一直向後延。

我決定去醫院看病的時候，要順道探望在那裡住院的清水。我必須見到她，然後讓自己明白我們之間並沒有任何關係，那是我能想到的唯一治療方法。

# 4

一覺醒來，左手的中指已經又紅又腫，輕輕一碰便痛得很厲害，根本使不上勁。

拉開窗簾，遠遠望去，天空中鋪滿一層薄薄的雲。雲層並非是厚得緊緊擋住光線那種，而是薄得可以透出陽光，像一張遮掩著整個世界的巨大面紗，輕輕柔柔的。

我下樓去，發現母親也在。

「今天不去打工嗎？」

母親一邊說著，一邊從洗衣機裡拿出剛洗好而縐成一團的衣物。

「我把工作辭掉了。」

母親停下動作。

「你呀，就不能試著找找正職？趁這個機會，不管是什麼地方，都趕快找個固定的工作吧。」

冰箱裡有昨晚剩下的飯菜，我一邊心不在焉地聽著，一邊在客廳裡吃起早飯來。沒在看的電視傳來天氣報告的聲音，說梅雨季已經結束，炎熱的盛夏即將到來。

我出門去醫院，決定先搭巴士，然後再走路去清水所住的那家綜合醫院。醫院的色調潔白，幾棟病房大樓並排著，中庭有個種了許多樹、像公園似的庭院。我想設計這家醫院的人，一定是個熱愛自然的人。

檢查的結果證實我是骨折。醫生抓住我的中指說：

「斷掉的骨頭已經在錯開的位置上開始長合了，我幫你矯正一下骨頭的位置。」

啊，請等一下——就在我用近乎哭泣的聲音抗議的那一瞬間，醫生已經用力地扭動我的手指骨頭，再用金屬器具固定好手指，纏上貼布和繃帶，治療就結束了。

在櫃台繳費後，我在醫院裡閒逛起來。不知道清水住在什麼地方，她患的是呼吸系統方面的疾病，但我卻不知道呼吸系統的病房在哪棟大樓裡。

過了一會，我走出大樓，在庭院裡隨便走走。院子裡有一個長滿綠草的圓形小丘，一條微斜的小道從中間延伸出來。在這裡有穿睡衣、拄著枴杖緩緩行走的老人，也有帶著孩子的家庭，大部分應該是醫院裡的病人吧。

太陽穿過一片薄雲，柔和地照射著四周，恍如一幅幸福的圖畫。

我覺得自己想要見清水的決心和勇氣逐漸萎縮。來醫院前，我打定主意要見她，可是到了這裡，我卻覺得自己的行為有些脫離現實。

要是我突然在她的病房出現，她一定會覺得很奇怪吧。如果得知我是因為十年前一句小孩子的無稽戲言而來，她一定會覺得可笑至極。

還是就這樣回去好了，相信時間一定可以治好我的腦袋。

我背靠著長椅，又回想起這幾天發生的事，以及思考過的問題。

自己實在是一個可悲又無可救藥的人，這種想法一直在我腦裡縈繞不去。已經二十歲了，卻看不見任何前途和希望，一想到今後自己可能面對的灰暗未來，不安的情緒便讓身體忍不住緊張了起來。

我忽然想起古寺曾經說過的一句話。

「當我看見未來的時候，它就像是在黑暗中一閃而過……」

這句話就像魔術師的開場白一樣，但奇怪的是，我現在卻能理解它的含義，未來總是那麼不可捉摸，就像黑暗中的道路，他的話也許是正確的。

我的存在似乎和眼前這片溫暖風景格格不入。我有一種衝動，想雙手抱頭，隔開一切，逃進只有自己一個人的黑暗中去。

自己的未來沒有任何值得期待的東西，我有這種感覺。像今天這樣和暖的陽光，只需灑在眼前這一對剛舉行過婚禮的新郎和新娘，以及期待孩子誕生、擁有美滿家庭的橋田他們身上就足夠了，我是真心這麼想的。即使自己不會有他們那樣的未來，我內心也不會有絲毫的妒恨。我會羨慕他們，然後不可思議地送上我的祝福。

忽然，我感覺到有人來到長椅的旁邊，抬頭一看，是個坐在輪椅上的年輕女孩，白色睡衣讓人一看便知是住院的病人。

「聽說梅雨季已經結束了。」

她望著天空說道，臉上慢慢綻開溫柔的微笑，隨後她把目光移向我的左手。

「你是來看手的嗎？」

「……骨折了。」

「怎麼會這樣呢？」

「在打工的地方和人家打架……」

她把手肘放在輪椅的扶手上，用手托著下巴，輕輕地笑了。

「原來是打架弄成骨折的啊……」

我不知道到底有什麼好笑，但這似乎讓她的心情愉快起來。

「本來還想順道探望在這裡住院的朋友，可是後來卻沒有走進病房的勇氣。」

她靜靜地看著我的眼睛。

「我想你那位朋友一定會很高興的。」

然後我們沒有再說話，只是靜靜地看著風景。

突然，眼前的景致變得光彩四溢，天際的薄雲開出一道縫隙，陽光從雲縫中灑滿大地，綠草和樹木也彷彿為了祝福這個世界而變得挺拔了。

「天氣真好呀，馬上就是夏天了。」

她說道。耀眼的陽光使她瞇著眼，我點了點頭。

「……這天氣教人心情舒暢，甚至快讓我忘了昨天那個失去工作、跌入人生谷底的日子。」

「谷底？」

我向她吐露心聲，我覺得自己的人生一無所有。她的表情出奇認真，努力地不漏掉我說的任何一個字。旁人看來，我們會像什麼呢？一個坐在長椅上、左手纏著繃帶的男人，和一個坐在輪椅上的女人，在明媚的午後促膝探討著人生。

她對我說了一些打氣的話，並對我露出鼓勵的微笑，似乎是說「沒問題，你一定可以的」。然後，她努力轉動著輪椅，調整方向好讓自己面對病房，從動作可以看出她還沒有適應輪椅上的生活。她用纖弱的手腕轉動車輪，顯得非常吃力，我想去幫她，可是她說：「不要緊的，有護士呢。」

我朝她對面看去，一位護士正看著這邊，好像是她讓護士在我們談話期間在那裡等的。

「再見……」

她揮了揮手。

那段對話成了我們最後的交流。兩星期後，她死了。

舉行葬禮的那天下著雨，我和古寺到了她家門前，收好了黑傘，但傘架子已經插滿了傘，所以只好把傘靠在鞋櫃旁邊。我們雖然撐了傘，不過肩膀還是濕了，這讓我再次意識到我對傘的厭惡。

安放棺木的客廳裡掛著黑白的幕帳，空氣中彌漫著香燭的氣味，我覺得整個房子都被雨聲和香燭的煙霧包圍，心裡有些不舒服。許多穿著喪服的親人和她的朋友都在遺照前哭泣，在那些人當中，大概不會有認識我和古寺的人吧。她的一生如此短暫，而我們只不過在當中更短暫的一瞬間和她說過話，我們的關係也僅此而已。

我一邊燒香，一邊在心裡向清水道別。雖說是道別，然而我們之間根本不存在什麼關係，所以這種說法或許荒唐可笑。

是的，能夠確切表示我倆關係的用詞，應該就是「沒有關係」。我只是因為住在附近才參加葬禮的，除此以外，我們之間並不存在著任何關聯。

即使如此，我還是……如果此時有人讀出我的心事，一定會露出疑惑的神情，百思不得其解吧，因為我心底有一種可怕的失落感。

「你還好吧？」

古寺搖了搖我的肩膀，可以想像我當時的臉色一定相當難看。

「……早點回去吧。」

我說著站了起來。此時，有個似曾相識的聲音叫住我，回頭一看，是清水的母親。

「我有幾句話想對你們說……」

她緊握著手帕，兩眼紅腫。

我們在客廳裡面對面端坐著。周圍的人之前並沒有注意到我和古寺的存在，但由於伯母神情嚴肅地與我對坐著，開始有人注意我們。

「謝謝你之前到醫院探望那孩子。」

她說完便帶著幾乎快要哭出來的表情，雙手放在榻榻米上，向我深深地鞠了躬，像在感謝一位沒齒難忘的恩人。我對這突如其來的舉動感到十分惶恐而不知所措。

「不……實在沒什麼值得妳感謝的……」

「那孩子真的非常高興。」

伯母把目光投向女兒的遺照。

那是一張清水溫柔微笑著的臉。雖然長大以後就從未仔細看過她的臉，但不知為什麼，我總覺得我熟知她的臉勝於熟知其他任何人。

「……大概是因為很久沒見面的緣故吧。」

我在醫院偶然碰到了她，僅此而已。

清水的母親搖了搖頭，好像想說，不，不是這樣的。

「那孩子雖然沒有明說，但她總是想著你呢。」

在此之前周圍雖然比較安靜，但還是有一些說話聲和雨聲等嘈雜聲響，然而那一瞬間，所有聲音都不知被吸到什麼地方去而消失了，我的耳中只迴響著失去女兒的母親那靜靜的告白。

「那孩子身體不好，從小就老待在家裡，所以啊，我總是講很多的事情給她聽……」

對於缺席而在家休養的清水，伯母總是會講一些電視連續劇的故事給她聽，或是開些無聊的玩笑，好讓她心情平靜。

尤其是鄰居的孩子又做了什麼惡作劇之類的家常話，剛好可以講給寂寞無聊的女兒聽。譬如說我和古寺決定離家出走，跑到公園裡搭起帳篷的事，還有我們偷偷拿食物餵別人家的貓，企圖讓那隻貓認我們當主人，但最後還是失敗的事情等等。

伯母有次突然注意到，不知從什麼時候開始，女兒只有當聽到關於我的事情時，才會悄悄露出溫柔的表情。

那時她並沒有說什麼特別的話。

「可是，哪怕從她一點細微的舉動或表情，我還是可以察覺到什麼。那孩子的確很想聽到有關你的事情。」

儘管後來上了中學，然後又升上高中、大學，只要清水在家的時候，伯母仍然把我的事當作家常話一一說給她聽。

從我母親那裡，伯母可以得知我生活的全貌，包括因為成績不好，學校打電話到家裡來的事，或者打工才做了一天就辭職的事，都經由母親悉數傳到她耳中。

據說在聽到我的事情時，她總是悄悄地把視線移向窗外。

我將目光從緊握著手帕的伯母身上移開，朝窗戶的方向望去。一樓客廳的窗戶上縱向鑲嵌著大塊玻璃，外面是茂密的樹叢，越過樹叢，可以看到一棟隨處可見的普通房子——我的家。

即使住進醫院，病得幾乎臥床不起的時候，她仍然露出纖弱的微笑，傾聽著有關我的事情。沒什麼作為的我只是打工、遭人白眼而已，而她傾聽著我那無聊的日常生活時，卻好像忘了病痛的存在，眼裡透出平靜的光芒。

清水是否一直都相信古寺說過的話呢？在學校或路上擦肩而過的時候，她是否也和我一樣難以保持平靜呢？在不同的人生道路上，她不斷結識新的朋友，但她真的始終不曾忘記過我嗎？

「她曾對伯母提起過我去醫院的事嗎……」

「那孩子幾乎是第一次主動提起你呢。」

清水好像是這樣對母親說的：

「今天來了個稀客呢。」

她臉上浮現出笑容，就像是住在幸福世界的人一樣。

「然後，我們聊了天氣的話題哦。」

離開她家的時候，她母親好幾次向我鞠躬表示感謝。

雨下得不大，然而不撐傘也不是什麼明智之舉。

但是我沒有撐傘。

「會著涼的。」

古寺在傘下忠告我說。

「就算死了也無所謂。」

我回答。劉海因為雨水而黏在額頭上。

「你不會死的，現在還早呢。我在小時候看過。」

「你看見過清水死去的情景嗎？」

古寺很久沒有和我說起他的未來預報了。

「雖然隱隱約約，但我看過她在年輕時死去的景象……可是，同時我也看見你和她組織了家庭，被兩個孩子圍著的情景。這兩種未來靠得很近，很難確定。」

你們兩個只要其中一方沒有死掉的話，就會結婚……

我想起古寺十年前說過的話。那究竟是他信口開河，還是他本身也對此深信不疑，我不得而知。

我們邁著腳步。我已經被雨打得濕透，撐不撐傘已經沒什麼意義了，但古寺仍不停地勸我撐傘。當然，我拒絕了。我默默地走著，任憑天空中落下的無數雨滴敲打。

# 5

我現在在一個新的地方打工，從春天開始還到車站前的補習班上課。我打算重拾書本，希望能考上大學。

我突然有這樣的想法，是因為從別人那裡聽到了有關清水的事情。

聽說她生前一直在學習繪畫和寫作，希望將來當一名繪本作家。在我漫無目的消磨時光的時候，她卻朝著自己的夢想努力，一想到這點，我的心情就無法平靜。

補習班的課和工作讓我疲憊不堪，那種生活非常辛苦，但過得很充實，停滯不前的日子總算過去了，就像長長的雨季終於過去了一樣。

古寺順利地進行著他的研究，也在考慮近期出國留學的事情。家裡養的黑毛狗生了一窩小狗，整個家突然變得熱鬧起來。我雖然不是很喜歡狗的人，但那些小狗真的很可愛，讓消沉的我得以重新鼓起勇氣來。

某個晴朗的星期天，我和古寺在車站見面，一起散散步。盛夏的陽光極具攻擊性，使小巷的磚瓦變得炙熱，並排的店鋪牆壁發出耀眼的白光。

「還記得葬禮後，你說過的話嗎？你說，你看過我和清水在未來組織了家庭，對吧？」

我一邊走，一邊問古寺。他點了點頭。

「幹嘛問這個？」

「那時你不是說過我們有兩個孩子嗎？」

「對，我看見你們一家人剛好從家庭餐廳走出來。」

「是男孩，還是女孩？」

我停下腳步，古寺也跟著停了下來。

「大的是男孩，小的被清水抱著，我不敢肯定，但應該是個女的。」

她看上去過得幸福嗎？我想這麼問，但是話到嘴邊又吞了回去。

我抬頭望著萬里無雲的天空，心裡想著兩個也許已經出生的孩子。那天的天空顯得那麼遼闊，看不到邊際。

「昨天的天氣預報好像說是陰天呀。」

古寺靠在護欄上發起牢騷。

根據古寺的預報，如果清水沒過世的話，我們就會結婚，我曾經以為這只是個天方夜譚。

可是清水不在之後，我發現了一個意味深遠的事實。

家裡的黑毛狗最近生下的小狗，是白色的。

古寺曾預言過我會養白色的狗，過了這麼長時間，他的話居然應驗了。

這件事讓我不得不想，古寺一直信誓旦旦的未來預報，也許真的不是信口開河，我也因此不得不想到我和清水或許應該有的未來。

和我一樣，清水也在不同的地方想著我。她的生活當中，總是意識到我的存在。在這個世界上，哪怕只有一個人，畢竟還是有個人想著自己——即使在她生前，我根本沒有意識到這一點，但這是一件多麼幸福的事啊。

我應該早點和清水說話的，就算不結婚，應該也可以成為關係不錯的朋友。如果能夠在她短暫的一生中，至少成為她的朋友，那該有多好。

這成了我心中最大的遺憾，我有時會因此而感到傷痛不已。

但是我希望隨著時間的流逝，有一天，我也會覺得那不幸的一面變得可愛起來，而我也相信會有這樣的一天。以前，我認為我的過去和將來都只有痛苦，然而，事實並非如此。

在那家醫院，清水加奈對我說過，就在離別時，我們談過天氣的話題之後。

在醫院的庭院裡，我坐在長椅上，左手包裹著繃帶，而清水坐在輪椅上，待在我身旁。在柔和的陽光中，四周彌漫著草木的清香。

我的人生根本沒有任何意義——當我這麼對她說的時候，她端正了一下姿勢，一臉真摯地告訴我：

「我認為，這個世界上沒有毫無意義的人生。」

現在想起來，對於只有短暫人生的她來說，那句話是多麼沉重啊。

「可是和其他人相比，我覺得自己實在太悲慘了……別人都有正職，都努力做著自己想做的事，而我卻一事無成。我有什麼必要活在這個世界上呢？」

清水閉著眼睛搖了搖頭。

「我因為身體不好而不得不躺在家裡的時候，也常常有這樣的感覺，大家都走了，只留下我一個人。可是最近我明白了，我不用悲傷，因為我只能這樣生活。所以，不要焦急，因為根本沒有必要把自己的人生和別人比較。」

我靜靜地聽著她說的話。她長長地吐了一口氣說：

「我覺得你的存在是一件很棒的事，所以不要哭泣，要勇敢地活下去。你今後的人生道路將會布滿陽光。」

每當我想起她時，總會抬頭望著天上，有時是陽光燦爛的晴天，有時是陰雨綿綿的灰暗天空。

但我總能看見在那家醫院的庭院裡和她說話時，那個掛滿了絲綢般的天際，那天空就像鋪滿閃耀白色光輝的羽毛一樣，溫柔地包裹著這個世界。

我們之間沒有一種可以用語言來形容的「關係」，就像隔著一條透明的河流，保持著若有似無的距離。

　但每當我想起清水時，就像在思念著結褵數年後壽終正寢的結髮妻子一樣，充滿了懷念。

# 小偷抓住的手

# 1

事情發生在姑媽和她女兒投宿的那家古老溫泉旅館的房間內。我並不是有意看的，只是姑媽去了洗手間，我一直素未謀面的表妹也正好外出了，房裡就剩我一個人盤著腿發呆，我根本沒有碰到，但姑媽的手提包卻突然在我面前從桌上掉了下來。

鑲了寶石的項鍊和一個厚厚的信封，從掉在榻榻米上的手提包裡滾落出來。姑媽的丈夫是某家公司的社長，家財萬貫。聽爸媽說，姑媽從來不戴廉價的首飾，所以，可以想像那條項鍊也一定價值不菲。而且那個信封的封口恰好對著我，可以看見裡面裝著一大疊萬圓鈔票，那應該是這次旅行的旅費。

我心神不定地靠近那個掉在榻榻米上、露出財物的手提包，雙手撿起項鍊和信封，心想乾脆放進自己口袋裡走掉算了。

可是我馬上恢復理智。姑媽馬上就會上完洗手間回來，一旦發現包包裡的東西不見了，就會知道是待在房裡的我幹的。

我把項鍊和信封塞進手提包裡，然後放回原處，就在這時門打開了，姑媽走了進來。我的手才剛離開手提包，腰還沒來得及伸直，感到有些慌張。為了掩飾心裡的尷尬，我故作鎮靜地靠近窗戶說：「這房間的風景還真不錯呢。」

姑媽住在離這裡很遠的一棟豪宅內，我和她已經有五年沒見面了。前幾天，我突然接到姑媽帶著女兒到這個城市來旅遊的消息，所以今天就來旅館見她們。我的父母在一年前雙雙去世，所以現在和我血緣關係最近的就是姑媽了，她來到這麼近的地方，不見面怎樣都說不過去。

在這個房間面對外側的牆壁上，離榻榻米大約四十公分的地方有一扇凸窗，窗子的木框已經十分陳舊，黑得看不清楚上面的木紋，窗框裡嵌著糊紙的格子窗，外側還有一層玻璃窗。窗下的牆壁向內凸出，可以擺放花瓶之類的東西。而那凸出的部分裡面好像是一個小壁櫥，外面裝著一扇小拉門。

「你真的認為風景不錯嗎？」

姑媽在桌子旁邊邊跪坐下來，邊皺著眉頭說。於是我仔細觀察一下窗外，這才發現原來外面的風景的確不能算是「不錯」。

這一帶的溫泉旅館鱗次櫛比，離窗戶大約五公尺遠的建築像一面巨大的牆堵在那裡。忘了說的是，我和姑媽所在的房間在一樓，而正對面是一棟三層樓高的大房子，視野相當差。除此之外，離窗戶很近的地方還有一塊巨大的石頭，要是放在寬敞的日式庭園裡，一定是個不錯的景致，可是放在緊挨著窗戶的地方就顯得十分礙眼了。

還不只如此，只要稍微探身出去看看外面，就可以發現兩棟建築物之間的縫隙裡停著一些小貨車。除了故意放在那裡讓遊客掃興之外，我實在想不出還有其他的解釋。

站在窗戶旁邊，我清楚地感受到房間牆壁的單薄。這樣看來，哪怕只是輕微的地震，這房子就會立即垮掉。不，也許根本不需要地震，它自己也會自然而然地變成一堆瓦礫。

「跟我所住的公寓相比，這裡的景致已經不錯了。對了，為什麼突然想到來這裡旅遊呢？」

「我是來看人拍電影的。」

「拍電影？」

姑媽愉快地點了點頭。這座溫泉小鎮好像正在拍攝某個著名導演的電影，我問姑媽有些什麼人參加拍攝，她便嘰嘰咕咕地唸了一大串演員的名字。我對娛樂圈並不熟悉，但那些人的名字似乎都在什麼地方聽過，聽說演女主角的是個年輕偶像演員這件事，也是大家津津樂道的話題。我問了她的名字，可是不知道為什麼，姑媽不講她姓什麼，只說了她的名字。我請她告訴我那個演員的姓氏，但是姑媽說沒有姓，那是一個由兩個漢字組成的藝名。姑媽對我不知道那個偶像的名字一事嗤之以鼻。

「你呀，連這個名字都不知道，這可不行啊。」

「不行嗎？」

「那當然，正因為這樣，所以你才不受女孩子喜歡，事業也不順利，服裝品味也很差。」

姑媽看了看站在窗邊的我那雙腳。沿著她的視線，我看到我的襪子前端破了個洞，心情頓時變得很差，彷彿能夠證明我一無是處的證據都集中在襪子那個洞上似的。

「你打算做那種工作做到什麼時候啊？你和朋友開的設計公司生意很不順吧？我都聽說了，你設計的手錶都堆在倉庫裡呢。」

我故意逞強，對姑媽撒了個小謊，說公司營運得非常順利，然後把左手的手腕伸到她眼前說：

「妳看看這個。」

姑媽表情疑惑地看了看我手腕上的手錶。我向她說明，這是我設計的手錶，預計幾個月後就可以量產並在市場上推出。

「這是樣品，當今世上僅此一只而已。」

那是一款無法用言語形容的，劃時代設計的手錶。

「還不是又要堆在倉庫裡。」

姑媽說著，拿起放在桌上的手提包走到窗戶旁，雙膝跪地，打開壁櫥的拉門。

壁櫥的高度只到膝蓋，寬度剛好和窗戶差不多，打開拉門後，可以看見裡面只有三十公分左右深的空間。姑媽把手提包放在壁櫥的右下角，然後關上了門。

我在一旁看著，心裡有種奇怪的感覺。這個旅館的牆壁非常薄，窗下的小壁櫥雖說是向內凸出，形成了裡面的空間，但靠外面的牆壁一定還是很薄的。如果發生地震什麼的，牆上破了個洞的話，手提包不是任人家從外面拿走嗎？

姑媽回到桌子旁喝起茶來。她沒有倒茶來招待我，但我決定不去介意。

「我打算今晚和女兒一起去看他們拍電影。」

「我開車送妳們去拍攝現場吧？」

「不必了，你那車子的座位看起來髒兮兮的。」

我嘆了口氣，開始同情她的女兒，有這樣的母親，日子一定不好過。姑媽的女兒、也就是我的表妹，我從來沒有見過她，聽說她十八歲，和我差五歲。

一年前過世的母親常常談起這位表妹，據說她是個對母親唯命是從的乖乖女。

「妳是硬拉著女兒專程到這種地方來的嗎？」

「你真失禮。我女兒可是高高興興地來這裡的。」

「現在正是為將來出路傷腦筋的時候吧。打算上大學嗎？」

姑媽露出一副洋洋得意的神情。

「我打算讓她上一所我喜歡的學校。她應該馬上就要回來了，你們見見面吧。」

「不必了，我該回去了。」

我看了看左手的那只錶確認時間，然後站了起來。姑媽也不留我，只是說：「哎呀，真是可惜啊。」可是我卻看不出她有任何可惜的樣子。

打開房門，來到走廊上。房門上有個重重的鎖，和這古老的旅館不太相稱，但那把鎖卻給人一種不用擔心強盜入侵的穩重感。

我輕輕地向姑媽點頭道別。走在走廊上，地板不斷發出咯吱咯吱的聲響。走廊的照明十分微弱，昏暗中，房門都像連成一排似的。

我眼前出現了一個人影。由於燈光昏暗，起初看不清她的臉，但從輪廓可以判斷出是個年輕女孩，她好像看見我從房間裡出來。

我們擦肩而過的時候，我終於在燈光下看清楚她的臉。她目不轉睛地盯著我，從她不自然的視線中，我知道她就是我第一次見面的表妹，但我假裝不知道，離開了旅館。表妹的服裝素雅，給人整潔的印象。

夏天過去，帶著幾分涼意的風從溫泉小鎮的街道上吹過。被風吹落的枯葉不時越過旅館和禮品店的瓦屋檐，遠遠地消失在被晚霞染紅的天際。

從賣饅頭的土產店裡飄來一陣獨特的氣味。小時候上學時，常常會從饅頭店後面經過，抽氣扇吹出來的氣味讓人很難受。製作饅頭的過程中散發出來的氣味，是一種和饅頭不一樣的、暖暖的、令人窒息的味道。我茫然地回憶起這件事。

在去停車場的路上，我遇見一群抱著大件行李的人，大概十個左右，服裝各異，有男有女。

「真不好意思，驚動了鎮裡上上下下的人。」

其中一人對禮品店的老太太說道。直覺告訴我，他們就是電影拍攝團隊的人。

我的上衣口袋裡放著一封必須寄出去的信，正巧看見一個郵筒，便拿出信想投進去。那是個舊式郵筒，當我正要投信的時候，才發現原來郵筒上根本沒有開口。

「那不是真的。」

攝影團隊其中一人邊說，邊走過來，然後輕而易舉地抱起那個郵筒離開了。那好像是拍攝用的道具。

我環視了四周，想找個真正的郵筒，這時才發現周圍有好多拿著照相機的遊客，他們應該都和姑媽一樣是衝著演員來的吧。當然，這和我沒有任何關係。

我有生以來第一次戴手錶是五歲生日那天，是那時還在世的父親送給我的。那天，父親完全忘了我的生日，喝酒喝到很晚才回來，可能是看到我悶悶不樂地把生日蛋糕剩下了一半，覺得有些過意不去吧。他把自己從沒離身過的手錶摘了下來，戴在我的手腕上。

父親平時從來沒有買過什麼東西給我，與其說是對我嚴厲，倒不如說是捨不得花錢。我母親買了一台掌上型遊戲機給我，我高興得不得了，可是父親似乎不喜歡看到我高興的樣子，他大發雷霆，把我的遊戲機扔到浴缸裡去。

那只手錶可說是父親送給我的唯一一件東西。金黃色的手錶，拿起來非常重，錶帶是金屬製的，平時摸起來很冰涼，可是那時候上面卻留著父親的體溫，感覺暖暖的。對於那時的我來說，那金錶戴在手上實在太大、太重了，可是我還是很喜歡它，總是戴在手上。

從那時候開始，我把所有的零用錢都用來蒐集手錶，我的頭腦完全被手錶所占據。如果要問我到底是怎樣被占據的話，可以說只要我稍微鬆一口氣，耳朵和鼻孔裡幾乎都會鑽出錶帶來。

手錶，將時間規律地分割，把世界的法則隱藏於內部的機械之中。不知從何時開始，我在筆記本上開始描繪、設計我理想中的手錶。

從溫泉小鎮的旅館開了三十分鐘左右的車之後，我來到朋友內山家。高中畢業後，我硬是沒有遵從父親的意願去上大學，而是進了一所學習設計的專科學校。內山是專科學校的同學，畢業後，我們兩人一起開了一家設計公司，做些海報及雜誌封面的設計，勉強可以維持生計。

大約半年前，我們的設計公司開始銷售手錶。設計由我來擔任，而機芯則向其他的工廠購買，我們計畫在不久之後推出第二批產品。

內山家同時也是我們公司的所在地，是一棟寒酸的兩層樓建築。我把車子停在停車場後，打開大門。

社長之一的內山個子很矮，長得像隻老鼠。看我到了公司，內山一邊幫我準備咖啡，一邊避開我的視線，那個時機掌握得非常巧妙，讓我覺得有些奇怪。

「你姑媽怎麼樣了？」

內山把咖啡擺在我面前。

「她很好啊。」

我答道。接著好一段時間，我們都各自默默地收拾桌子周圍的東西，過了一會兒，已經沒有東西可以再收拾的時候，他說話了。

「那個……本來計畫要將你設計的手錶推出市場的，可是現在我不得不中止這個計畫。」

哦。我點了點頭，那一瞬間，我明白了他要說的話，然後我覺得他像是說了什麼奇怪的話，便反問他：

「什麼？我沒聽清楚。」

於是他十分懇切地向我說明，由於我最初設計的手錶賣得很不好，現在已經沒有足夠的資金推出第二批產品了，所謂第二批產品就是現在我左手上戴著的樣本手錶。

「我也試過努力籌資金，可是還是不行。製造這種賣不出去的錶，本來也不是什麼明智之舉。」

內山是唯一一個對我的設計表示理解的朋友，可是他對於我把才能用於設計手錶抱持懷疑的態度。

為了確保手錶生產線的運作，我們需要一筆相當大的資金。不但要從鐘錶工廠那裡購入手錶機芯，還必須租廠房來生產自己的手錶。我要做的手錶不是百圓商店裡賣的那種便宜貨，而是被賦予思想的作品，然而生產這些作品卻要冒相當大的風險，這可是一場賭博。賭博需要錢，可是我們公司沒有這個財力，之前向銀行的借貸都還沒還清。

我嘆了口氣說：

「……沒關係，公司本身的生存都成問題了，我的手錶又算什麼呢？」

說實話，我很受打擊。本以為不久就會開始販售的，所以我已經在很多朋友面前洋洋得意地展示過那只樣本手錶，而且也已多次和生產手錶的工廠負責人協商。以前父親打心底就不相信我能靠設計公司成功，我以為這次可以一舉獲得社會認同，然後到父親的墓前去告訴他，他錯了。

「……沒關係，我明白的，雖然很遺憾，但這也沒辦法，所以內山，你不必太介意這件事。」

「我沒介意啊。」

「我知道，這一切都是因為你這個社長沒有什麼手腕，才會導致公司經營不善，這也是沒辦法的事，你要看開一點。」

他一臉錯愕。

「……話說回來，難道真的一點辦法也沒有嗎？製作量少一點也無所謂，但要多少錢才可以生產呢？」

「再有兩百萬的話，勉強可以支撐過去。」

「這樣啊……」

說實話，我根本不知道上哪裡去弄這麼多錢。我的手肘靠在桌子上，心裡想著中小企業的難處。我覺得頭很重，再這樣下去，不要說我設計的手錶，連這個公司恐怕都有危機。不，應該說，公司怎麼樣都無所謂，只要能生產自己設計的手錶就行了。第一次發售的手錶也不賴，只是我的運氣不好罷了，所以我把賭注都押在這次的手錶上。實際上，看過我那只樣本手錶的人都對我的設計褒獎有加。當然，那可能全都是恭維話，但我想等在市場上推出後，問問那些把它戴在手上的人，他們對手錶真正的評價，因此，我需要正式的產品。只要能籌到錢，哪怕生產量少，至少可以讓我的手錶在社會上流通吧？

我茫然地想著各種各樣的事情，想著想著，內山所說的兩百萬資金，不知不覺在我腦海裡變成了另一種形態。而所謂另一種形態，具體說就是放在姑媽手提包裡的項鍊和信封。

我抱著手臂，開始研究剛才想到的事情。

## 2

月亮被雲遮著，顯得朦朧。在溫泉小鎮中央的大道上，每隔一段距離就立著一盞街燈。在燈光照耀下，擁擠的旅館和禮品店招牌看起來像是在空中連成一線，一直延續到道路的遠方。

也許是因為夜色還早，路上仍有行人。在這個平時只能嗅到老人氣息的溫泉小鎮裡，意外地混雜著一些年輕人，他們也是為了看電影演員而來的吧。

姑媽和她女兒住的旅館位於一條旅舍林立的街上，是建築物最密集的地段。不知道那家旅館是什麼年代修建的，周圍都已經被高高的鋼筋混凝土建築徹底遮擋了，唯獨這一小棟老舊的旅館依然存在。

我打量了四周，確定沒有人注意到自己以後，便離開大街，沿著旅館的牆向裡面走。姑媽她們住的旅館和隔壁旅館之間的空隙，仍然停著小貨車。小貨車把牆壁之間的空間填得滿滿的，使得牆和車輛之間隔得十分窄。我側著身子走過去，一隻手提著的工具箱也剛好可以通過，那工具箱是從內山那裡借來的。

白天從姑媽房間窗戶看到的那塊巨石，在黑暗中變成了一團更黑的暗影。多虧那顆石頭的位置，我很容易就判斷出旁邊的窗戶後面，就是姑媽和表妹的房間。

房內沒亮燈，姑媽和表妹大概不在房間裡吧。白天姑媽對我說過，晚上她們兩人要一起去看人拍電影。

我來到目標的窗戶前方，把手中的工具箱擱在地上。

我開始回憶白天所看到的。姑媽她們房間的窗戶下面有個小壁櫥，裡面應該有個手提包，裝了一條項鍊和放有現金的信封。如果我能把它弄到手的話，就可以在工廠生產自己設計的手錶了。

房門上了鎖，對於我這種完全不懂開鎖的人，是不可能進得去的。可是在這面薄薄的牆壁上挖個洞，然後悄悄地把牆壁另一邊的寶物拿出來，卻不是那麼困難的事。

我雙膝跪地，打開工具箱，撥開螺絲起子組和鉗子等，從裡面拿起了電動鑽孔機。電鑽的形狀像一把手槍，在相當於扳機的位置上，有一個轉動鑽頭的電源開關。

我右手拿著電鑽，隔著牆開始尋找壁櫥所在的位置。

我在腦海中描繪著白天看到的房間模樣，壁櫥在窗戶下方，寬度和窗戶差不多，高度大約離榻榻米四十公分，姑媽就把手提包放在裡面的右下角。也就是說，從牆外看的話，窗框左下角往下約四十公分的地方，就是手提包所在的位置，只要在那裡打個洞就行了。

我抬頭看了看窗戶，想確認窗戶是不是可以打開。姑媽好像在出門前已經把門、窗關得死死的，而且還上了鎖，裡面的格子窗也拉上了。從外面看起來，窗戶的位置有建築物的地基那麼高，而窗戶下緣剛好對著我的胸口。我從那裡開始往下量四十公分左右，跪著的時候鼻子對著的地方剛好就是要鑽的位置。

用鑽頭抵住牆壁，然後用食指按下電鑽的電源後，充電電池讓馬達飛快地轉動起來。如果把電源開到最大的話應該可以很快完成，但那樣做聲音太大了，所以我不得不控制鑽頭轉動的速度。

也許是牆壁很老舊的關係，鑽頭很容易就鑽了進去，感覺就像往豆腐裡釘釘子一樣。

鑽了一個孔以後，緊接著又在旁邊鑽第二個孔，每鑽一個孔都只花了不到一分鐘的時間，這樣重複鑽了十分鐘左右，牆壁上就形成了一個由小孔組成的圓圈。

最後，我拿出口袋裡的小刀，把鑽好的小孔連接起來。最先以為要一點一點地鑿，可是出乎意料地，刀刃運行得非常順暢。

不一會兒，這項工作就完成了，牆壁出現了一個直徑約十五公分的圓形切口，周圍十分昏暗，但用手摸就應該可以摸到。我輕輕一推，感覺到那塊被切下來的圓形牆壁往裡面移，原來這麼輕而易舉就能把洞鑿開了，我在心裡感謝旅館那老朽的牆壁。

我用食指在圓形的中心往內推，那塊牆壁順利地往裡面滑動了五公分左右以後，指尖的觸覺突然消失了，牆那頭傳來了小石塊掉在地上的聲音。

窗框左下角往下四十公分的地方出現了一個洞，我用一種奇妙的心情迎接這瞬間的到來。黑暗的洞孔之後，就是姑媽和表妹在出門前封得死死的密閉房間，但現在兩個被分隔的空間因為一個洞而連接起來，空氣可以從一邊流到另一邊。也就是說，牆壁的那一頭已經不再是房間的「裡面」，而成了「外面」的一部分了。

我環顧四周，街上一排排的街燈和店舖，招牌的燈光朦朧地照亮夜空，但小貨車卻成了一道很好的屏風，從街上看不到我的身影，似乎沒有必要擔心被人發現。

我穿著短袖上衣，因此把手伸進洞裡時，省去了挽起袖子的麻煩。我將左手伸了進去，洞的大小恰好可以容納一個握住寶物的拳頭出入。左手沿著洞的邊緣順利通過，我成功地從外面把手伸進房間的小壁櫥了。

可能是因為打洞時是以眼睛測量距離，所以好像有些偏差，手提包並不在我的手邊。我的左手在牆的那一面搜索著，為了保持身體平衡，我雙膝跪地，右手的手掌也貼在牆壁上支撐著。就算有點偏差，但手提包應該就在附近。

壁櫥內的空氣冰冷，在我無法窺見的牆壁另一面，我的指尖觸摸到某種東西，摸起來的感覺好像就是我要尋找的那個手提包。由於洞太小，沒辦法連手提包也一起拿出來，所以我必須打開它，然後取出項鍊和信封。

這時，我的左手腕好像勾住了什麼東西，有輕微的壓迫感，可以感覺到有樣東西懸掛在手腕上。

我想起了那只樣本手錶還戴在手上，可能是手錶錶帶勾住了手提包上的金屬釦之類的東西吧。我試著隔著牆壁甩了甩手，想把它弄下來。

手腕上的重量消失了，我鬆了一口氣，但隨即意識到自己犯了一個錯誤。

我弄掉的是戴在手腕上的手錶，牆壁那端傳來物體輕輕落地的聲音，那是我的手錶撞擊壁櫥裡鋪著的木板而發出來的。

我差點叫了出來。深呼吸，不要緊，不要驚慌，只要摸到那只錶，把它拿回來就沒事了。

我使勁地把手往內伸，幾乎連肩膀都塞了進去。我閉上眼睛，集中精神找著那只錶。由於肩膀都進了洞裡，所以我的半邊臉也貼到牆上，古老牆壁的塵土氣味都被我吸進肺裡。

我的左手在牆壁那邊舞動，不停地在壁櫥底部的木板上搜尋。手指和手掌上只留下木板的粗糙質感，過了一會兒，我的手碰到一樣不可思議的東西。

最初我根本不知道那是什麼東西，只覺得軟軟的，很暖和。接下來的那一瞬間，我感覺到隔著牆壁，有個不應該在的人倒抽了一口涼氣。

我猛地抓住那東西，從洞裡抽出了左手。

在短短一瞬間，月亮從遮蔽的雲中探了一下頭，白色月光灑在建築物之間的空隙。一隻胳膊被我的手從洞裡拽了出來，懸掛在那裡，那手又白又細，無疑是一隻女人的手臂。

「啊——什麼？發生了什麼事？」

那女人近乎悲號的叫聲從牆的另一邊傳了過來。驚惶失措的不只她一個，還包括我。

我的手沒有鬆開那隻手腕，懸在洞外的手開始不安分地扭動起來，我幾乎是無意識地用了全力去制止它，但女人的手腕仍然不停掙扎。

「聽著，別動……」

我隔著牆對那邊的人說。緊接著，不可思議地，某個想法像水滲入地下一樣在我的腦海裡擴散開來：意料之外的事情發生了。

我原以為姑媽和表妹都出去看人拍電影了，然而事實上卻不是這樣，一定是她們當中的某個人留在房裡，而我卻愚蠢地抓住了她的手。

「你是誰?!」

牆那邊傳來女人驚恐的聲音，我想起剛才那一瞬間被月光照亮的白皙的手，覺得那應該是年輕女人的肌膚，所以現在我手上緊握著的應該不是姑媽的手，而且那聲音也不像姑媽。

我想起下午在走廊上碰見的表妹，她的面孔在我腦海中浮現。

「別出聲！不然的話……」

不然的話，我打算怎麼樣呢？我……我也無計可施。牆壁上掙扎的手安靜了，在等待我的下一句話期間，四周一片寂靜。我們兩人都一下子安靜下來，等待著我繼續說下去——包括我自己。

「……不然的話，我就切掉妳的手指頭！」

「你說真的嗎？」

「真的。」

女人的手慌忙地想往回縮，我用雙手緊緊拉住它，由於力量懸殊，我阻止了女人的手消失在洞裡。只要我不放手，她應該就只能把手伸在外面動不了。

「好痛！你放手！」

「不行，妳忍著點。」

說到這裡，我忽然想到，房裡除了表妹以外，姑媽可能也在。

「……屋裡除了妳還有別人嗎？」

「有啊，有好多人呢。」

「那為什麼沒有人過來？」

她支支吾吾地說不出話來，所以我可以推測她在說謊，姑媽其實不在。可能她一個人出去了吧。

面對這意想不到的發展，我開始打退堂鼓，想這樣逃走算了。但我不能立刻這麼做，必須做的事情還沒有完成。

「你是誰？」

牆壁那邊傳來顫抖的聲音。

「總之妳不要大聲說話！」

「剛才的聲音並不大呀……」

我沒有理會她那微弱的抗議，再次審視自牆壁洞孔裡伸出來的手臂。光線很暗，看不清楚，但可以知道露在外面的部分已經接近肩膀了。那似乎是她的右手，我想像著表妹在裡面是怎麼樣的姿勢，大概是上半身靠在壁櫥內側的牆上，像剛才的我那樣，半邊臉緊貼著牆壁吧。我想我這樣做實在對不起她，可是我現在必須以一個兇狠小偷的態度來對待她，如果我的態度有所緩和，她一定會呼救的。

「妳聽好了，要是大聲說話，我就切掉妳的手指頭！」

我對著長了手的牆壁說道。於是牆那頭回答：「……我知道了。」握著她的手說話，卻看不見她的臉，我的眼前只有一道古老的牆壁。

「……可是，我真的不知道這是怎麼回事。你是誰？」

「我是小偷。」

「你撒謊……誰會笨到說自己是小偷呢……」

那是對我的譏諷吧。

「你有什麼目的呢？」

「錢。把妳旁邊值錢的東西都給我拿過來。」

「值錢的東西？」

「不錯……」

說到這裡的時候，我不知道該怎麼告訴她，我的目標是姑媽的手提包，總不能直接叫她把手提包裡的項鍊和裝錢的信封交給我吧。如果那樣說的話，她們一定會想，那個小偷怎麼會知道手提包裡有什麼東西？雖然我也是偶然看見了那裡面的東西，而姑媽應該也沒有察覺到這一點，可是這樣一來，至少她們會懷疑是自己人幹的。

「嗯……就是說，總之妳把行李裡面的東西都交出來……」

「行李？我的行李裡只有牙刷和換洗衣物而已啊……」

「不，不是妳的……」

話沒說完，我意識到一個幾乎令我停止呼吸的事實。

姑媽外出時，會把手提包留在房裡嗎？不，她帶著手提包外出的機率很高，一般都不會把皮包留在屋內而出門的。我連那麼簡單的事都沒有想到，然後就在什麼也沒有的房間牆壁上鑽了個洞。結果呢？我現在抓到了什麼？一隻女人的手臂啊。

趁我沉默的時候，她想把手縮回去，我用力阻止了她。

「總之不管什麼都可以，把妳的錢包給我！」

我簡直想哭，顯而易見，計畫已經失敗了。

「錢包？錢包放在……被子的旁邊。這樣子我拿不到呀，除非你放開我的手。」

她的話是真是假，我無法判斷，要在抓住她的手的情況下，伸長脖子從窗戶窺視屋內是辦不到的。房裡仍然沒有開燈，格子窗也關著，窗戶的鎖也鎖得好好的，而且，她的錢包其實一點都不重要。

「我說，就算我能拿到錢包，又該怎麼給你呢？雖然你在牆上打了洞，可是這個洞不是被我的手堵住了嗎？」

「妳不能用另一隻手把窗戶打開嗎？把錢包從窗戶扔出來就行了。」

「不行，我的手碰不到鎖。你還是放開我的手，什麼也別做，回去吧。」

「不行，什麼也沒弄到手，怎麼能回去。」

我一邊說，一邊懊惱著。

我的手錶應該掉在裡面了，因為沒有開燈，所以她還沒有發現，手錶可能就掉在她的鼻子附近，我必須把它拿回來。

原因就是，白天我已經向姑媽展示過那只手錶了，還告訴她那是世上獨一無二的樣本錶。

如果我讓那只錶留在裡面，就這樣回去的話，明天早上身穿黑色制服的警察就會造訪我家，向我出示裝在塑膠袋裡的證物手錶，然後用可怕的表情問我：「這是你的吧？」到時我裝蒜也沒有用。

但她說得也對，牆上的洞讓她的手堵著，這樣她也沒辦法幫我找錶。可是我一旦放開她的手，她一定會跑出房間求救。我能在其他人趕到前找回我的手錶嗎？

而且，一旦手被放開了，她很有可能馬上打開燈，從窗戶裡看清楚我的臉，那麼我就無論如何也逃不掉了。她一定會告訴警察，那個小偷就是白天在走廊上遇見過的，母親認識的人。

我緊緊地握著她的手，情況陷入了膠著。

## 3

我看了看四周，確認一時之間還不會有人來。月亮又躲進了飄浮的雲中，我身處的建築物空隙也顯得夜色深沉。右邊是靠近大街的方向，小貨車像一面屏風把我遮住，左邊恰好是那塊大石頭。

白天從房內向外看的時候，只覺得這塊石頭礙眼，可是現在想來，這塊石頭不但幫我確定了姑媽房間的位置，還從左邊替我擋住別人的視線，我真想抱住這塊大石頭好好感謝一番。不過就算抱住它也只不過弄得一身冰冷，況且，我必須抓住這隻從牆壁裡伸出來的手，抽不開身。

我弄不懂現在這種進退維谷的局面到底是如何造成的。當然，主要原因是我在牆上鑿了一個洞。可是她呢？她又是怎麼一回事？我以為她已經和母親一起去看人家拍電影了，可是為什麼她會在房裡？又為什麼會被小偷抓住了手呢？

「都怪妳啊，就是因為妳待在房裡才會這樣的。」

我對牆壁那邊的她說。

「我本來是要出門的，那樣的話，就不會遇到這麼倒楣的事了，真倒楣……」

她在牆那邊嘆了口氣，我隱約聽見她的氣息從肺裡衝出來的聲音。她所說的出門，一定是指和姑媽一起去看人拍電影的事吧。聽她的語氣似乎不太情願和母親一起出去。

「那妳又為什麼不開燈，把手伸進壁櫥裡？」

「我在睡覺，可是壁櫥裡有聲響，把我吵醒了……」

她好像已經絕望似的靜靜地說著，伸在牆外的手一動也不動。她說她聽見壁櫥裡有動靜，以為是放在包包裡的手機在響，於是燈也沒開，就在半睡半醒的狀態下打開壁櫥，往裡面找她的電話。

我還以為那個就是姑媽的皮包，倒楣的是，我和她的手在黑暗中相遇了。

「嗯？」

隔著牆壁，我和她同時發出這樣的聲音。看來在她對我這麼說之前，她自己都沒有發現。

那個皮包就在牆的那一頭，而且恐怕就在她可以自由移動的左手能觸及的範圍之內。皮包裡有她的手機，她可以用來求救，現在這個時代，就算不發出聲音，用一隻手發出一則簡訊一點也不難。

「喂，喂，妳可別打電話。」

我焦急地說。牆那頭沒有回應，反而聽見像用一隻手把皮包翻過來，將裡面的東西都倒出來時發出的嘈雜聲響。

「喂，妳在找電話吧！」

「我沒有！」

她十分鎮靜地撒了謊。

「把電話給我！」

「好啊，我該怎麼給你呢？」

她的聲音裡帶著一種勝利的驕傲和得意。那個洞已經被她的手塞得滿滿的，再沒有可容下其他東西通過的縫隙，她又說開不了窗。

「妳聽清楚，如果再讓我覺得妳在找電話，我就在牆壁這邊切掉妳的右手手指。」

我再次宣稱要切掉她的手指。每當我這樣威脅她的時候，我就會想，我是無論如何也做不出這種事來的。我只要想像一下自己切掉別人指頭的情形，臉就會一下子刷白，我對恐怖電影可說是深惡痛絕。

她沉默了一會兒。握住手腕的手中滲出了汗水，那汗水是從我的手心裡，還是從她手腕上滲出來的，我不得而知。我們保持著沉默，只有呼吸聲透過牆壁傳入彼此耳中。

過了一會，她說話了。

「……你做不了這種事的。」

「妳怎麼知道？」

「因為你不像壞人。」

我左手握住她的手腕，右手從工具箱裡取出鉗子，把鉗子的刃貼在她的手指上。她感受到鋒利而冰涼的鉗子，驚惶失措地說：

「我明……明白了，我不會打電話的。」

其實我自己也很困惑這麼做是否合適。

「把手機扔到房間的角落裡去。」

裡面傳來了衣服摩擦聲，然後是什麼東西落在遠處榻榻米上的聲音。

「我已經扔了。」

「也許妳扔掉的是定型液或其他什麼東西吧。」

「你覺得我還敢對你耍什麼花招嗎？」

這時，從裡面靠牆的地方傳來電子鈴聲，我可以肯定那就是手機鈴聲。正如我想像的那樣，她剛才扔掉的不是手機。

「不許接電話！」

電話鈴繼續響著。響著的電話就在眼前，她不知如何是好，我從緊握著的手臂可以感覺得到。

「……我知道了。」

她沮喪地說道。緊接著，響著的鈴聲轉移到房裡較遠的地方，然後在那兒繼續響了一陣子，我們屏住呼吸靜靜地聽著。過了一會，打電話的人終於放棄了，周圍馬上恢復了寂靜。

「……我說，你為什麼不放開我的手逃走呢？你的行竊不是很明顯已經失敗了嗎？」

她說到我的痛處。

「……要是我一放手，妳馬上就會大聲呼救吧？只要這樣抓著妳的手指頭威脅，妳就沒辦法那麼做了。」

「可是，趁早逃走對你來說才是明智之舉啊。」

要是沒有弄掉手錶的話，恐怕我已經那麼做了。有沒有辦法可以既不放開她的手，又能拿回掉在裡面的手錶呢？我絞盡腦汁思考著這個問題。

我真不該做小偷的，偷錢真是個愚蠢至極的決定。如果能逃掉的話，我一定聽內山的話，不再胡思亂想，老老實實地工作。

我默默地反省著，手還是緊緊抓著她的手腕，可以感覺到她手腕上的脈搏不斷鼓動著。

我沮喪地垂著頭，無意識地用右手去摸扔在地上的電鑽，把它撿起來，抬起了頭。

我想到一個簡單的辦法，可以不讓她發覺我掉了手錶的事，又可以把錶拿回來。

我把鑽頭對準第一個洞右邊四十公分左右的地方，按下了電源開關，鑽頭輕鬆地鑽進老朽的牆壁中，小孔很快就可以形成了。

我真是太蠢了。只要再挖一個洞，不就可以解決了嗎？左手一直抓住她的右手不放，然後用另一隻手再挖一個洞，我可以把手伸進去，把掉在裡面的手錶拿回來，然後就可以逃之夭夭了。

她好像不明白我又在幹什麼，隔著牆壁問道：

「這是什麼聲音？」

「妳最好別出聲。」

第一個小孔已經打通了。我必須再打幾個小孔，把它們連起來形成一個大洞。

「你在用機器鑽孔嗎？」

「別碰穿過牆壁的鑽頭，免得傷到妳。」

「你果然不像是壞人。」

我感覺她在牆那邊微微笑了一笑。

第二個孔完成了，我換了一下鑽頭的位置，開始鑽第三個孔。

我想透過說話，引開她的注意力。

「……妳為什麼沒出門？」

「什麼？」

「妳剛才不是說了嗎？本來是要出門的。」

她本來應該要被母親拉著去看人家拍電影的，我聽姑媽說過。

「這和你有什麼關係？」

「當然有了，要是妳不在，我的錢就到手了。」

一段時間裡，黑暗中只聽見電鑽的聲音，與溫泉小鎮毫不相稱的馬達聲響，在建築物與建築物之間的狹小空間裡迴盪。我握著電鑽的右手被震得不斷發抖，又打完一個孔了，我移開鑽頭的位置，開始鑽下一個孔。

「……你的父母都健在嗎？」

「一年前都死了。」

「是嗎？……我的父母對我有太多要求，我覺得很累……」

「他們不顧妳的感受嗎？」

我想起白天見到姑媽，對女兒升學的事，她說：「我打算讓她上一所我喜歡的學校。」姑媽是否在一手操控女兒的人生呢？

「所以今天我是故意反抗他們的，本來說好要去的。」

「去電影拍攝場地？」

「是啊……你怎麼知道的？」

她有點懷疑我是否事先調查了她的行動，然後趁屋裡沒人的時候來行竊。

「不是有很多遊客來參觀拍電影嗎？所以我就隨便猜猜罷了，我對妳一無所知。」

我撒了個謊。那倒也是，她這麼說著接受了我的解釋。

她一定是違抗母親的命令，而選擇留在房間裡。

「我很愛我媽媽，所以不論什麼事都順著她的意思去做，她高興，我就覺得很高興。可是最近，我也說不清楚，我發覺事情並不是這樣……」

她的聲音很纖弱，像個小孩子似的。也許因為這個原因，我不由得感到她對生活一定持著嚴肅、認真的態度。她正活在對母親的愛和反抗的夾縫間，違抗父母對她來說是那麼重大的事情。

我一邊鑽著第十五個孔，一邊想起自己在她這個年齡發生的事情。

父親執意要我上大學，而我卻為了學設計而一心想唸專科學校，我和父親幾乎所有的時間都是相互瞪著對方度過的。最終我還是沒有聽從父親的意思，現在，我更和朋友經營設計公司。

我父母因為乘坐的汽車被一輛闖紅燈的貨車撞上而當場死亡，在一年前雙雙去世了。

當時，我們一家三口住在一起，吃飯當然也在一塊。父親直到去世前一天，都對我不上大學滿腹牢騷。當我和父親談起設計手錶的理想時，卻引來他不屑的嘲笑。我當時非常生氣地說：

「你有什麼資格這麼看不起我。」

父親是個在小工廠上班的普通人，沒有高學歷，在工廠的職位也不值一提。旁人看來，他的人生根本平庸得可憐。這樣的父親憑什麼對我的人生指指點點呢？我這樣一說，父親便洩了氣，不再作聲。我懷著悲傷的心情出門，走去便利商店。

小時候也有和父親吵過架，可是裂痕總會在不知不覺間自動修復，也許是因為我還小的緣故吧。一轉眼就忘了吵架的事，很快又會和父親說話。可是不知道從什麼時候開始，我變得不能面對面和父親好好地講話了。

我和內山用我父母的保險金開了一家設計公司，直到現在，每當我想起父親，還是難受得喘不過氣來，那到底是因為氣憤，還是因為悲傷，我自己也常常弄不清楚。

我突然發現自己在不知不覺間停止了打孔，大概是想事情入了神。這時，鑽頭鑽開的小孔已經連成一個半圓，只要再打十個孔，應該就可以鑿出一個可容一隻手進出的小洞了。

「即使父母反對，我也沒有聽從他們。」

我對她這麼說。

「那麼，你的人生又過得怎麼樣呢？」

「要是過得好的話，我現在就不會在這裡握著妳的手了。」

那倒也是，她對我的話表示理解。

「你不後悔嗎？」

我很希望可以驕傲地說，自己的選擇當然不會有錯。可是就算我當初選擇按父親的意思來過自己的人生，一定也會心有不甘，會感到遺憾的。

我把這樣的想法說給她聽，但沒有提到那些可以讓她猜到我身分的部分。我感覺到牆那邊的她，在靜靜傾聽著我的話。

不一會兒，我打完了所有小孔，把電鑽放在地上。

小孔打完以後，牆上形成一個完整的圓形，把切成圓形的牆壁往內一推，它就落到牆後面去了，第二個可容一隻手進出的洞口打開了。

這時候，她已經沒什麼話可說了。我們彼此都默不作聲，在一種奇妙的沉默中，我只是緊緊地抓住從牆裡伸出來的手腕。在雲層遮蓋月亮的夜晚，建築物間的空隙顯得尤其黑暗，我的心在黑暗中變得愈來愈平靜，根本想不起不遠處的那些禮品店和夜行的路人。一切都融入了周遭的黑暗中，世界好像只剩下我所緊緊握著的那隻手。

「……你又鑿開了一個洞吧？」

那女人從牆壁裡伸出來的右手動了一下，她的右手也悄悄地握住我左手的手腕。可能是因為長時間暴露在外面的緣故，她的手很涼。

「真對不起。」

我說著便把右手伸進剛剛鑿開的牆洞裡，在壁櫥裡找尋，發覺裡面散落著各種各樣的物品，一定是她剛才找手機時從手提包裡倒出來的東西。我的右手在壁櫥底部的木板上摸索著，在那些東西之中搜尋著我的手錶，每當抓到一樣東西就用手摸一摸，看看是不是自己的錶。

不一會兒，我的右手碰到一件東西，手感和重量都與自己的手錶一樣。如果我的手活動自如的話，我恐怕會撫著胸口大鬆一口氣。

就在這時，牆那邊我抓住手錶的右手突然被緊緊地握住了，我想一定是她用能自由活動的左手，握住了我的右手。

同時，我的左手也起了變化。剛才她悄悄握住我左手手腕的冰冷右手也突然用力，之前一直是被我抓住的手，這時也緊緊地抓住了我。

我的兩隻手都被抓緊，右手深深地插進牆洞裡動也不能動，就和隔著牆壁的她有著相同的姿勢。

「這下我們打平了。抓住你這隻手，你就不能切掉我的手指頭了吧？」

她在牆壁那邊得意洋洋地笑。雖然看不見，但她的樣子卻浮現在我的眼前。

我的右手被她固定在裡面，沒辦法撿起用來切手指的鉗子，就好像被奪走了架在人質脖子上的刀一樣。

「這可真是……見鬼了。」

我在無法動彈的情況下不禁喃喃自語。

「真是太遺憾了。」

她說完突然大叫起來：

「來人啊！抓賊呀！」

那聲音可能周圍五十公尺範圍內都能聽到，她的叫聲刺破了寧靜的夜空，古老的旅館牆壁也被她的聲音震得顫抖。

我慌忙看了看四周，背後那棟建築物的房間亮起了燈，我所在的地方也被燈光微微照亮，也許馬上就會有人從窗戶探出頭來。

「放手！」

我對著牆壁那頭大叫。這時我左手卻仍然抓著她的右手，連我自己都覺得這話說得很不公平。

「我不放。」

她說。於是我用力把右手往外抽，她那抓住我右手的左手也被我一塊拉到洞外。即使如此，她還是絲毫沒有放開我的意思。

牆壁裡伸出兩隻白皙的手臂，我被這兩隻手困住了。我想她的力氣很快就會用盡吧。可是在此之前，可能就會有人趕來把我抓住。

隔著牆傳來有人從走廊那頭跑過來的嘈雜聲和急促的敲門聲，她好像把房門鎖上了，那對我來說是很幸運的事。

我把嘴巴張得大大的，在她抓住我右手的手腕上咬了一口。

「好痛！」

這一口就算沒有咬出血，也一定留下了深深的牙印。

在她喊痛的同時，抓住我手腕的力量減弱了，我沒有放過她鬆懈的那一瞬間。

我把雙手猛地一拉，總算掙脫了她的手，由於用力過猛，我向後一屁股栽倒在地上。我倆的手都獲得解放了。

我的手逃脫以後，從牆裡伸出來的兩隻手臂也立刻消失在牆洞裡。藉著後面窗戶透出來的燈光，我看見白皙的手臂被吸進牆洞裡去的樣子。牆上只留下兩個黑漆漆的洞。

我的右手還緊緊地抓著那只錶。我沒有時間打開手來確認，但觸覺告訴我那就是我的錶，把它扔進工具箱後，接著我把地上的工具也塞了進去。

我穿過背街的小巷，跑到停車的地方，幸運的是，好像沒有人追來的跡象。我跳上車子發動引擎，很快就駛上了公路。當我把車停在便利商店停車場的時候，才總算解除了警戒。

坐在駕駛席上，便利商店的燈光穿過擋風玻璃照到我身上。總算逃過一場劫難了，我安心地撫著胸口鬆一口氣。我打開助手席的工具箱，確認一下有沒有在現場留下了什麼東西。

把手錶放進工具箱的時候，我並沒有仔細看，這時才發現我在牆洞裡摸到的，是一只市場上到處可以買到的普通手錶，雖然摸上去的感覺和重量的確很相似，可是它顯然不是我的那只錶。

也就是說，我拿走了她的手錶，而我自己的手錶卻留在她的房間裡。

## 4

一年過去了。

「我總算知道你設計的手錶為什麼銷量大增了。」

內山一邊說，一邊在我桌上放了一杯咖啡。

那時，我正在公司望著牆上的日曆，回想一年前那件不可思議的事情。那個在旅館牆上鑽洞的夜晚，現在想來還像一場惡夢，但值得慶幸的是我還沒有被警察抓住。

那一夜之後的一個星期，我盡量避人耳目，過著隱居般的生活。內山看到我的樣子，還以為我是因為手錶停止生產而頹廢、沮喪。

半年之後，我們的經營有了起色，所以儘管生產數量很少，我們終於有餘錢推出我設計的手錶了。我覺得那天晚上沒有被抓住實在太幸運了，要是那一晚被抓住的話，發售手錶的計畫也不可能在半年後重新開始。

就這樣，我設計的手錶在市場上推出了。剛開始的時候，銷售情況跟上次一樣並不樂觀，可是至今已過了幾個月，銷售量卻突然出現了明顯的上升。

「喂，你聽見我說的話了嗎？」

內山整個人站到我面前，擋住了日曆。

「銷售量上升，說明我的才能終於得到別人的認同了呀，內山。」

我這麼一說，他愕然無語了。

「……對了，你看過那部電影嗎？」

「電影？」

我不解地問。於是他點點頭向我解釋，那是最近大受歡迎的一部電影，正是一年前在溫泉小鎮拍攝的那一部。

「你說的就是那個吧，主演的女星有一個由兩個漢字組成的古怪藝名是吧？」

我得意地展示從姑媽那裡學來的知識。

「你別胡說，什麼古怪的名字。」

內山有些義憤填膺地說。他坦白告訴我，那個女明星演出的電視劇他每集必看。我平時不愛看電視，所以連她演的是什麼樣的電視劇都不知道。

「過兩天有她的握手會，我帶你去。」

「不用了，我可沒那麼無聊。」

「喂，你也太奇怪了吧，竟然連她都不知道。這樣吧，我有她的CD，你聽聽看。」

他根本不顧我的拒絕，說著就從自己的抽屜裡拿出一張CD來。那個偶像女星竟然還出了唱片，讓我感到吃驚，還有內山竟然買了她的唱片並把它放在公司，也同樣叫我驚訝。可是他為什麼要跟我提起那部電影呢？我們本來不是在談論手錶銷量上升的事情嗎？

備有CD播放器的音響組合傳出陣陣清澈的歌聲，我的思緒突然被打斷了。

「怎麼樣？」

內山滿面笑容地看著我說。然後他的臉又沉了下來，因為我突然站起來，弄倒了椅子，呆呆地動也不動。

我聽著那歌聲，想起一年前的那個夜晚……

那個夜晚……

我總算沒有造成任何交通事故，平安地把車開回公寓，但關鍵的手錶依然留在牆洞裡面。

我收拾好房間，拔掉了電視機和錄影機的插頭，吃掉冰箱裡看起來快要壞掉的食物，做好被逮捕的準備，這樣的話，即使很久都無法回來也沒關係。

我一整夜都沒闔上眼，等著警察到來。天亮了，十點左右，電話突然響起，我拿起話筒，是姑媽的聲音。

「你到旅館來一趟。」

我心想，終於傳喚我過去了。

我開車駛向昨晚離開的旅館。進了房間，姑媽已經倚著桌子在那裡等著了。我搜尋表妹的身影，可是沒有看到她，一定是我昨晚做的事讓她不想再見到我吧？我一邊這樣想著，一邊跪坐在姑媽面前。

「你來啦。」她說。「我女兒很快就回來了，你稍等一下。」

「……我知道妳叫我來幹什麼。」

「哦？是嗎？」

「我沒有反抗的意思，我已經認命了，請妳臭罵我一頓好了。」

「臭罵？你這孩子真奇怪，我不過是打算出去觀光，想讓你替我們開開車罷了，說什麼認命，這也太誇張了吧？好像我提了什麼過分的要求似的。」

觀光？我一下子摸不著頭腦，可能是我的表情太過呆滯，姑媽皺起了眉頭。

「昨晚我們去看人拍電影了，但覺得也沒什麼意思，所以今天打算去觀光。」

背後的門打開了，表妹走進房間，正是昨天在走廊上見過的那張臉。她注意到我坐在房裡，於是低頭和我打了招呼。

「你好。」

她的聲音給我一種不太和諧的感覺。

她從我面前走過，在窗戶下的小壁櫥前面跪了下來，打開了壁櫥門。

我差點沒叫出聲來。壁櫥內側的牆上本來應該有兩個洞的，昨天晚上，我確確實實親手鑿開的呀。可是現在根本沒有洞的影子。我站了起來。

「怎麼了？」

表妹用奇怪的眼神看著我說。我明白剛才為什麼有一種不和諧的感覺了，因為表妹的聲音和我昨晚聽到的女人聲音，根本不是同一個人。她穿著短袖的黃色T恤，左手腕露在外面，非常光潔漂亮，完全沒有我留下的牙印。

我踉踉蹌蹌地走到窗邊，往窗外一看，發現外面的風景和記憶中有些出入，昨天明明存在的那塊大石頭不見了。

「昨天這裡不是有塊大石頭嗎？」

「石頭？啊，那塊假石頭？」

「假石頭？」

姑媽告訴我這個旅館裡住了很多電影拍攝團隊的人，旅館允許他們把部分電影道具放在後面的院子裡，而那塊巨大的紙糊假石頭昨天的確是放在窗戶旁邊的，可是因為孩子們跑到裡面去玩，所以今天早上攝影團隊就用車運走了。

我這才終於明白。我跑到外面，從外面查看旅館的牆壁。昨天晚上的那個地方果然有兩個洞，只不過，不是姑媽她們住的房間，而是隔壁房間的牆壁。

那塊巨石是假的，是紙糊的道具，輕得連小孩子都可以移動。我一直以為那是塊真的大石頭，以為透過石頭的位置就可以鎖定姑媽房間的位置。

可是昨天我離開姑媽的房間後，不知什麼時候，石頭的位置被移動了。沒發覺這件事的我，誤以為隔壁房間就是姑媽母女的房間，在那裡的牆壁上鑿了兩個洞。昨晚看到的白皙手臂，就是住在隔壁房間那女人的吧。

再仔細一瞧，小貨車也不見了，那大概也是攝影團隊的車子吧？我很自然地聯想到，攝影團隊的人把大石頭裝上小貨車運走了。

「對了，聽說昨天晚上我們旅館有小偷呢。」

我回到房裡的時候，表妹正在對姑媽聊起昨晚的事。姑媽好像還是剛剛才聽說，顯得非常吃驚。

「……今天我得用車，不能和妳們去了。」

我說完便離開了旅館。昨晚的女人也許還在旅館裡，如果她聽到我的聲音，很有可能認出我就是昨晚的小偷。

我就這樣默不作聲地迅速逃離旅館。後來，姑媽又打了電話給我，說：「我女兒不肯聽我的話，上我說的那所大學。」她顯得很困惑，想聽聽我的意見，可是那和我沒有任何關係。

握手會的會場，設在離車站走路約五分鐘的一家大型唱片行一樓，平常一排排的商品架不見了，寬敞的會場中央搭了一個舞台。

「人可真多啊……」

聽到我的嘀咕，內山愉快地點了點頭說：

「這正好證明了她的超高人氣啊。」

雖然她本人還沒有出現，但是從握手會開始前三十分鐘，會場就已經很擁擠了。電視採訪的錄影機正在拍攝會場內萬頭攢動的景象。

她依然使用那個奇怪的藝名，會場內到處都可以看到那兩個用來當作名字的漢字，到處都貼著她新專輯的宣傳海報。從沒來過這種場合的我可算是開了眼界，原來有人氣的藝人是如此地受歡迎。

走路的時候，我盡量選擇人少的地方，即使如此，周圍的縫隙還是讓她的影迷、歌迷填得滿滿的，我簡直無路可逃，無論朝哪個方向看都是密密麻麻的人頭。

旁邊有一群人正在一本正經地談論著什麼，我側耳傾聽，原來她們在討論她主演的電視劇的最後一集，互相發表意見。我開始覺得自己來錯了地方，就問內山：

「我到外面抽根菸再進來可以吧？」

話才剛說完，大家的視線一致落到我身上，而且全都是責備的眼神。

「喂，難道你打算用抽過菸的手跟她握手嗎？」

內山有些生氣地對我說。雖然她討厭菸味的消息早已被灌輸到我腦裡了，可是看到周圍這些人的反應，我覺得她好像比我預期的要討厭得多，像是她吸了一口煙就會死掉似的。

這時，舞台附近的人發出歡呼聲，之前還氣呼呼的內山突然換了一副神采奕奕的表情，朝舞台那邊看了過去。

在震耳欲聾的歡呼聲和掌聲中，一個二十歲左右的年輕女孩登上了舞台，站到手持麥克風的主持人旁邊。她長得和海報及CD盒封面上的照片一樣漂亮。

她的個子可能比我稍矮一點，在近乎噪音的嘈雜聲中，她站在那裡顯得從容不迫，筆直而優美的站姿讓我留下深刻的印象。會場中所有視線都集中在她一個人身上，但她卻沒有絲毫緊張，臉上帶著平靜的微笑。我的眼睛也被她端莊美麗的容貌和從容大方的氣質吸引著，我明白她為何這麼受歡迎了。

她的聲音透過麥克風從擴音器擴散開來，跟參加活動的人寒暄。會場中的嘈雜聲音一下子安靜下來，大家都豎起耳朵想聽清楚她的聲音，她成了會場內所有人的注意力焦點。剛才在公司裡，內山讓我聽她的CD時，我便發現她的聲音聽起來很耳熟。

那時我就覺得，CD裡傳出來的聲音好像以前在什麼地方聽過似的。可是我又想，既然她是人氣藝人，那麼在某個地方聽過她的聲音也是很正常的，就算再怎麼不看電視，還是有可能在其他地方聽到她的聲音，所以當時就只當是自己想多了，沒有在意。

而我發現事實並非如此的時候，是內山關掉錄放音機的電源之後。他對我說：

「關於你設計的手錶最近突然大賣的事呀，是因為在我剛剛說的那部電影，最後一個鏡頭裡，她手上戴了一只一模一樣的手錶。」

據說看了那部電影的女生都爭相模仿，紛紛去買我設計的手錶。購買的人都說設計新穎巧妙，並對我的設計感到非常滿意，然而，她們購買的動機卻顯然是因為受到電影的影響。

「我已經看過那部電影了，真的很像。不過不可能是一樣的吧？拍電影的時候，你還在到處向人炫耀你的樣本手錶呢。」

內山這名影迷對我滔滔不絕地講起有關她的各種事情。比如說，她因為順應母親的意思而進入了演藝圈，藝名、工作的選擇，甚至形象設計，她的母親都一一參與。

還有，一年前拍那部電影時，傳說她悄悄逃走，給攝影團隊帶來了很大的麻煩……

「當然這只是傳聞。不過，從那次以後她好像在形象上改變了路線，總覺得她的表情比以前更加開朗。」

內山說起她的事情時顯得很愉快。

「你在幹什麼呀？開始排隊了。」

內山拍了拍我的肩膀說。我看了看周圍，舞台上的她已經結束寒暄，眾多粉絲開始依次排隊準備和她握手，店裡穿制服的工作人員亦提高嗓門來維持秩序。

隊伍前端連著舞台的短台階，人們將依次走上台階和她握手，然後從另一個台階下去，握過手的人直接穿過出口，離開會場。

內山拉著我排入隊伍中。我沒有反抗，因為我開始覺得和名人握手作紀念也不錯。

越過一長串人龍的腦袋，可以看見台上她的身影。人們一個接一個從她面前通過，大家和她緊緊地握了手，然後一臉感動地離開會場。

我從很遠的地方望著她的臉，她的眼光顯得很柔和。當她左手腕上戴著的東西映入我眼簾時，四周的嘈雜聲都消失了。

從那晚以後，一年過去了，但她仍然沒有扔掉那只手錶，而且還戴著它。她不但沒有把它交給警察，還戴著它拍電影。她很喜歡我的設計嗎？如果真是那樣的話，我自己都感到無地自容。我很想感謝她，可是我該用什麼樣的方式向她表達我的謝意呢？

隊伍在緩緩移動，我和內山的位置離舞台愈來愈近了。我開始無法平靜下來。

不知為何，我突然想起父親，可能是因為那天晚上，我和她說話時想起了父親的緣故吧。

以前，我總是想等我設計的手錶獲得認同之後，到父親墳前告訴他，我的選擇是正確的，否則難以平息我對父親的怨氣。因為他一直反對我的選擇，一直都認為我是家族的恥辱。

現在，雖然只是一點點，但我的成就已經得到人們認同，即使對父母說起我工作的成果也不再丟臉了，可是現在不知為什麼，我卻沒有替自己爭回一口氣的念頭了。

排在我前面的內山走上了舞台，我也緊跟著他走了上去，她已經近在我的眼前了。

小時候父親送我的金黃色手錶，現在還躺在公司桌子的抽屜裡。我調查過，其實那也不過是一只不起眼的便宜貨，可是對於小時候的我而言，它和真正的黃金沒有什麼分別，重重的，酷酷的。

最近我一個人在公司的時候，又試著把那只早已停止運轉的手錶戴在手上。不知從何時開始，那只手錶已經既不大也不重了。

我意識到，在父親的墳前，我已經不能用一種單純的心情來大聲反駁自己是對的了。因為如果有人問我為什麼喜歡手錶，我不得不回答說：「因為這是父親送我的手錶。」

不知不覺地，內山已經在和她握手了，他緊張的樣子簡直讓人慘不忍睹。走近看，她顯得特別美。她給人的感覺與其說是一個人，不如說是一種只有透過電影或電視才能看到的虛構生命，在她的周圍彷彿是另外一個空間。

內山依依不捨地放開手，從她面前走了過去。隨著他走過去的步調，我也跟著前進一步，身後的隊伍也依次向前進了一步。

面對面地，我用右手和她握了手。

那天晚上隔著牆壁不知廬山真面目的臉，現在就近在眼前，小巧得可以用兩隻手完全包覆住的臉上，一雙美麗的眼睛笑得瞇成一條線。

我想這時如果不說些什麼來表明自己是粉絲身分的話，會很不自然，因為似乎每個人都把這樣的話掛在嘴邊。

這時候，她洋溢著微笑的表情突然變了。

微笑消失，她像一隻睡醒的貓起床時那樣睜大了眼睛，垂下眼簾緊盯著我的手，用右手和我握手的同時，她伸出左手放到我的右手腕上。

猛地，她的手握緊了。

我緊張得屏住了呼吸。

這樣的狀態持續了二十秒左右，她默不作聲像在想什麼事情想得入了神。對於秩序井然、以一定速度前進的隊伍來說，停頓的時間太長了。周圍的人不知道發生了什麼事，紛紛騷動了起來。隊伍中的粉絲們、店裡的工作人員以及握手會的主持人，都為她奇怪的樣子感到困惑。

不一會兒，她放開我的手，停下來的隊伍又開始前進了。

她放開我的手後，我朝下台的台階走去。回過頭一看，她也望著我，臉上帶著一種得意的微笑。

周圍的人和在我之前下台的內山，都用一種嚇呆了的表情來回看著我和她。

我慌忙地離開那裡。因為她的笑，以一名藝人對一個素不相識的粉絲來說，實在是太過特別了。

# 膠卷中的少女

# 1

……啊，不好意思，你長得很像我一個熟人，所以我就忍不住盯著看了。很高興認識你。是我自己說在這家咖啡店見面的，結果我卻遲到了，真對不起。

不，沒關係，我今天有空，大學也放假了。是的，我是大學生，現在是二年級。大一時和小K選了同一門課，所以就成了朋友。我的名字叫……你已經聽她說過了吧？

我以前就聽她說，她父親有個朋友是小說家，指的就是你吧？我在拜讀老師的作品時就想，老師的名字是真名嗎？還是……筆名？不，我只是覺得好奇罷了。

小K嗎？是的，她很好。她今天可能又去釣魚了。是啊，那是她的嗜好。她參加了一個釣魚俱樂部，還邀我一起參加，但我婉拒了，不過看她那麼活躍真的滿厲害的……我在一旁看著她的時候，總會這樣想。我這種人呀，做任何事都畏首畏尾的……

小K已經告訴我了，你是為了蒐集小說題材而在尋找一些可怕的故事，對吧？所以她就想到我，還打了電話給你……因為，我曾對她稍稍提起過那件事情……

還因為如此，我和老師現在才會在這家咖啡店見面交談，所謂緣分真是奇妙啊。真的像是……被某個人的意志牽引著一樣。啊，店員在看著這邊呢。老師那杯是紅茶嗎？我喝點什麼好呢？

……你不太習慣我叫你老師嗎？可是，除此之外我應該怎麼稱呼你才適合呢？就請讓我叫你老師吧。那麼我也來一杯紅茶吧。

……是的，我常來這家咖啡店。我喜歡這裡昏暗的光線，還有這種木製的桌子……的確，空調的溫度可能開得太低了……這裡有時候會這樣，特別是裡面這個位置，風剛好從正上方吹下來……要不換個位置吧？我穿著外套倒不要緊，老師穿短袖看起來很冷……坐這裡可以嗎？

……小K已經把大概的情況告訴了你吧？是嗎……其實，我只告訴了她一些無關痛癢的部分。我本來很煩惱，不曉得今天該不該和老師見面……因為這件事不太方便隨便就對人說……這一個月以來我一直在猶豫，不知道怎麼辦才好……不過，最後還是下定決心，決定把這件事告訴別人。

事情是從電影研究會的社團辦公室開始的。老師經常看電影嗎？我很喜歡電影，常常跑到電影院，這可以說是我唯一的嗜好……剛才講到小K時，我不是說我做任何事情都缺乏勇氣嗎？可是上大學以後，我下了很大的決心，決定一定要參加學校的社團活動……其實只要敲敲貼著「電影研究會」海報的社辦大門，告訴他們我想入社即可，可是我卻非常害怕……

我站在門外，聽見裡面人聲鼎沸，我很怕進入那樣的地方……我在門外徘徊了很久，後來有人經過，我就逃走了。不過，我早已下定決心，上大學後一定要改變自己，創造新的人生……

高中的我真的什麼也沒做過，只是每天去學校上課，然後回家。由於沒有什麼要好的朋友，所以也不會和朋友去其他地方玩，只能在回家途中順便逛逛影片出租店。我總是想，自己到底是為了什麼而活著，在死去之前的漫長時光該怎麼打發呢？這樣即使活著，恐怕也做不出什麼有意義的事情，還不如死了好……人際關係、在班上的位置以及考試等問題，全都壓在身上，幾乎讓我喘不過氣，我覺得那時自己應該得了輕微的精神官能症……

真的很不可思議對吧？那樣的我居然會想要參加社團活動……也許這對於一般人來說根本算不上什麼，可是對我來說，要下那樣的決心可不是一件容易的事……對我來說，是個積極、極大的變化……

……在社辦門口徘徊了一星期左右後，我敲響了那扇門。然後，我順利成為電影研究會的一員。研究會的主要活動是拍攝自製的電影，然後在每年的學園祭上映。不……不是，我不是導演。你真會開玩笑，我怎麼可能是導演呢……我只是打打雜，幫忙準備服裝和小道具之類。在聚集喜歡電影的人的地方，我只要在一旁看著大家就心滿意足了……就算只有參與電影製作環節的枝微末節的部分，就已經覺得很高興了……

學校裡有一棟大樓集合了許多社團辦公室，我們稱之為共用大樓。是嗎？

老師上的那所大學也是這樣嗎？電影研究會的社辦就在大樓一個積了厚厚灰塵的角落裡，房間很窄，各種各樣的東西把辦公室弄得亂糟糟的。裡面最主要有電視機和錄影機，兩側的錄影帶堆放得高高的。角落裡有一張破了皮的沙發，上面經常都躺著研究會的成員，而且常常有菸灰掉在上面，坐下去的時候可千萬要小心。而那裡就是我們製作電影的據點。

我來談談電影怎麼製作的吧。一般的商業電影都是用膠卷拍成的，不久之前，自製電影也一直是用膠卷的，但近年用數位攝影機拍攝的情況愈來愈普遍了。我們電影研究會也是用數位設備，但以前好像都是用八毫米膠卷[1]的，所以在社辦的架子深處，還放著以前留下來的銀幕和電影放映機。

……我發現那個包裹完全是偶然。那天下著雨，社辦窗外是一片灰暗的風景。

那時社辦裡只有我一個人。我坐在沙發上，一邊聽著雨聲，一邊看電影雜誌。當我站起來想去泡杯紅茶的時候，雜誌掉到了沙發後面。

沙發後面是牆壁，雜誌剛好掉進了沙發和牆壁之間的縫隙裡。為了撿起那本雜誌，我把沙發往外移動了一些，我力氣小，只移動到剛好可以伸進一隻手的距離就已經沒力了。我往牆壁和沙發間的縫隙裡看，雜誌就躺在灰塵當中，而旁邊還有一個小小的包裹……

我疑惑地撿起那個小包裹，發現茶色的信封袋被膠帶捆得緊緊的。不知道是誰把它放在沙發下面忘記了，或是誰藏在那裡，上面沒有寫名字，也看不出裡面裝的是什麼東西。

我覺得私自打開不太好，就把它放在桌上不管，然後又開始看起電影雜誌來……然而不知為什麼，我的腦袋裡全是那個包裹，雜誌的內容一點也看不進去……

我覺得好像有人在叫我的名字，用一種輕輕的，小到幾乎聽不見的聲音……於是我終於撕開膠帶，打開了包裹……

房裡只有雨聲，我清楚記得那時窗外一片昏暗，開著燈的房間顯得更為

1. 八毫米（8mm）為寬度最窄小底片的尺寸，台灣俗稱八釐米實為誤用。

光亮。

包裹裡是一個銀色的圓盤形盒子，直徑約十五公分，裡面裝著一卷沖印好的八毫米電影膠卷。當我看見它的時候，不知道為什麼我……不……我無法用語言準確地描述。應該說我突然感到一陣寒意，或是應該說我覺得背上有一陣風吹過……好像有什麼人從我身邊經過一樣……

……原來我叫的紅茶已經送來了呀。我只顧說話都沒有察覺……對不起，我話講到一半。是的，重要的是我把那卷膠卷怎樣了。那麼，我究竟應該怎麼做才好呢？是不是應該重新把它放回沙發下面呢？

我感覺拿著膠卷的手心滲出了汗，然而從手心到指尖卻冷得像結了冰一樣……

我不知所措，卻很在意膠卷裡拍攝的是什麼。不……可能是好奇心使然吧，就好像有另一個人在支配著我的手腳一樣……不，沒事。

我搬出銀幕和電影放映機，擺在沙發對面的位置上。之前研究會的學長教過我使用機器的方法，接著只要安裝好膠卷，讓室內光線暗下來就行了。拉上窗簾後，雨聲變小了。打開放映機的電源，關掉房間的燈，膠卷便開始轉動了。

黑暗房間的半空中出現了一道白色光柱，可以清楚看見空氣中飄浮著無數塵埃。咔噠咔噠咔噠……機器裡傳來馬達轉動膠卷的聲音。不一會，灰暗的銀幕一下子變白，膠卷上的內容開始出現在銀幕上。這種膠卷是不能同時記錄聲音的，所以我只能看到銀幕上的無聲電影。

我得到的結論是，膠卷裡記錄的是研究會成員自己拍的電影。最先出現的是一個大學生模樣的男孩坐在長椅上的畫面，畫面整體顯得比較模糊，只有中央部分比較明亮，周圍四個角的地方都很昏暗，膠卷上的劃痕不時在銀幕上一閃而過。

電影還沒有剪輯過，上面連續拍攝了各種各樣的鏡頭，因此畫面切換得非常頻繁。整個銀幕上出現了許多行人在街上行走的鏡頭，畫面持續了幾秒後，變成了公園裡鴿子的特寫，然後是一男一女相互對視的鏡頭，可能演的是一對情侶吧。可是對視沒持續多久，兩人都忍不住笑了起來，接下來就是重拍的鏡頭。

我坐在沙發上看著電影。由於裡面出現了大學校舍的畫面，所以我想應該是研究會的前輩們製作的。咔噠咔噠，膠卷轉動的聲音持續了五分鐘左右之後……

畫面由一條兩旁滿是枯樹的道路，切換到從正面拍攝的隧道入口處。路上沒有車輛通過，兩旁雜草叢生，半圓形的一個黑洞位於畫面中央，隧道裡面是黑漆漆的一片。這時，一個男演員從鏡頭前出現在畫面上，朝隧道裡走去。

接下來的一瞬間，畫面切換了，演員的背部差不多占據了整個畫面。鏡頭幾乎是貼在演員的背上開始拍的，拍攝演員往隧道那頭慢慢走遠的鏡頭。

可能是因為使用了照明設備的關係，在黑暗的隧道中也能看清演員的背部，然後可以遠遠地看見隧道出口，呈現一個小小的半圓形白點。演員慢慢朝出口走去。就是這個鏡頭出現了古怪的地方……

隨著演員向出口走去，占據整個畫面的背部開始縮小，因此畫面的其他部分又再度出現，雖然隧道是黑漆漆的一片，但是黑暗中卻站著一個少女……

少女站在畫面的右方，填滿了演員和畫面邊緣之間的空隙。她背對著鏡頭，只有一點點向左側，基本上只能看見後腦勺，頭髮約長到肩膀，穿著制服。不，她在畫面上的影像沒有這麼大，是可以看見全身，不過畫面上下都還有空隙。她沒有穿鞋……是的，雖然只能看見白白的腳跟，但她的確是光著腳站在那裡的。

她的背影給人一種茫然的感覺……就像從醫院病床的被窩裡悄悄溜出來的病人一樣，給人孤孤單單、無依無靠的感覺。她站在那裡一動也不動，只是默默地背對著鏡頭……

太奇怪了，在此之前的畫面上都沒有出現過那個少女，她明顯不是電影中的人物，而且也找不到她站在那裡的理由……就好像是什麼地方弄錯了才被拍下來似的。可是那個男演員好像沒有注意到少女的存在，從她身旁經過，走向隧道出口，電影到這裡就結束了。

我覺得實在太奇怪了，於是決定倒回來再看一遍。我先把播放中的電影停止，將膠卷向前倒回了一些，然後再開始播放，這次畫面是從男演員走進隧道的鏡頭開始的。

這時，有人打開研究會的門走了進來，是學長，他是電影研究會的頭頭。

見我關了房間的燈，還搬出電影放映機，他嚇了一跳。他看了看銀幕，想確定我看的是什麼，那時，男演員剛剛進入隧道裡。

喂，這個電影……學長這麼說的時候，畫面切換到隧道內的鏡頭。

學長突然移動身子，把手伸向桌上的放映機。

隧道裡面……占據整個畫面的演員背部……漸漸向遠處移動，露出了隧道裡的樣子……我仍然坐在沙發上，視線越過學長身體的側面落在銀幕上。

我仍然看見了……站在畫面邊緣的少女背影……

突然，房間裡一片漆黑，學長關掉了放映機，但他馬上開了燈，讓房間恢復明亮。在那短短一瞬間的黑暗當中，我重新回憶剛剛看到的景象。

我幾乎站不起來，覺得全身都在冒汗，卻又冷得打寒顫……

老師……請你千萬別笑我啊……你一定要相信我所看到的……在學長關掉放映機前那瞬間，我看到銀幕上少女的背影……比第一次看到的時候稍微向左轉了一些……

是的，我知道按常理是不可能的……可是我的確看見了……請你相信我……第一次根本看不見繡在制服袖子上的校徽，第二次卻看見了……

是，是的……那個少女朝看著銀幕的我這方向轉了過來……

## 2

……老師的老家是在這一帶嗎？對不起，這樣問你可能太唐突，不過這和我遇到的事情有一點點關係。

不，我不是這邊的人，我是因為上大學才搬到這邊的，老家在靠北一些的地方，坐新幹線大概兩個小時左右。是啊，離開家的時候，心裡很雀躍，但又覺得悲傷。我以前從來沒有想過離開父母，自己一個人生活……

搬家的時候，離別是最讓人心痛的……老師也有這樣的經驗嗎？啊，是嗎？唸小學時住在附近的朋友搬走啊，你們的感情很要好嗎？你們兩人還騎同一輛自行車，到街上的舊電影院看電影呀……啊，就是那家電影院……去年被拆掉了吧。不過兩個人騎一輛自行車的感覺真好，好棒哦。那個朋友搬走的時候，你心裡一定很不好受吧。什麼？兩個人騎自行車的時候，你的朋友摔到複雜性骨折？……要動手術裝骨板啊……這樣說起來，那到底該算是美好的回憶，還是痛苦的回憶呢？真是很難說啊……

我之所以要問老師的老家在哪裡，是因為我不知道是否有必要向你解釋那個隧道。既然你就在這裡出生的話，說起來就方便多了。電影裡的那個隧道位於兩縣交界的地方，沿國道向東走，就會穿過那個隧道……

對，沒錯，就是那個隧道。四周淨被枯草覆蓋的荒山野嶺，沒有人家，到了晚上沒有一點燈光，黑漆漆的一片。你知道嗎？……七年前的八月，在那個隧道裡發現了一具屍體……

據說屍體被損毀得十分嚴重，無法辨別死者的身分，唯一可以確定的是一名未成年少女。死者的牙齒全部被拔掉，還被焚燒過。兇手拔掉死者的牙齒，可能是為了防止死者身分會因齒型而暴露，被焚燒而炭化的屍體還被切成很多塊，扔進隧道內的排水溝裡，上面壓上了幾塊大石頭……真是太殘忍了……據說屍體還有一部分始終沒有找到……

　　聽說發現屍體的人是個醉漢，他走在隧道裡的時候，看見排水溝裡的幾塊大石頭之間露出沒燒完的頭髮……他覺得很奇怪，就搬開石頭一看……

　　……不是……那個……我實在不適合講這種事情……我覺得很難受……太殘忍了……是嗎？你也在報紙上看過那個案件的報導呀？是啊，當時電視也報導了這宗慘案。

　　我在看那部電影前，對這件事一無所知。那天看了膠卷之後，在恢復了明亮的社辦裡，我詢問學長那卷膠卷的事情。這電影到底是怎麼一回事？我自己都感覺到我的聲音在顫抖……學長雖然沒有親眼看過那卷膠卷，但他知道那部電影的事情。

　　據他說，那卷膠卷被封起來以後就不知到哪裡去了，那是他的學長們拍攝的，還留下關於這件事的詳細筆記。

　　請稍等一下，我把那份筆記帶來了，在我的包包裡……就是這個筆記本，雖然封面已經舊得起了縐摺，但內容還是可以看得清清楚楚的。這就是當時的攝影日誌，我從學長那裡借來的。好的，請你拿去看吧。只要看完還給我就行了。關於那影片和拍攝當時的情況，只要看了筆記，你就會大概明白的。

不過，我還是簡單地說明一下吧。影片大概是五年前拍攝的，當時有人提議到那個位於縣界的隧道去取景。從筆記看來，當時的攝影成員認為到曾經出過事的隧道拍攝倒是很有趣，於是就帶著半玩耍的心情到那裡去了。但是膠卷沖出來之後，大家發現影片裡多了一名少女……

誰也不知道那少女是誰，拍攝的時候，如果有其他人在隧道裡的話，他們應該會注意到，但是當時誰也沒有察覺到少女的存在……

學長們覺得事情十分奇怪，於是就反覆看了幾遍自己拍的影片，結果……

據說少女最初是完全背對著鏡頭的，可是第二次看的時候，少女稍稍轉過身來，第三次看的時候，就轉得更多了……

驚恐得不知所措的電影研究會成員最後用膠帶把膠卷封了起來，藏到一個誰也不知道的地方。如果再繼續看下去的話，少女最終會面向鏡頭……他們認為最好在事情發展到那個地步之前，不再讓任何人看那部影片。

而我卻發現了這部被藏起來的膠卷，並把它裝到放映機上……

你知道我看了影片後的那個星期是怎麼過的嗎？

我真的非常害怕……剛看過影片後，我的膝蓋一直不停地顫抖。我看見學長一邊注意著我的神情，一邊把膠卷放回原來的盒子裡，藏到架子的最裡面。他拿膠卷的時候就像害怕被病原菌感染一樣，充滿了恐懼……

妳最好把它忘掉……學長是這樣說的。他關掉電源的時候，將注意力都集中在放映機上，盡力克制自己不看銀幕。但他的樣子好像知道我看到了什麼，我默默地點了點頭。可是那天以後，少女的背影就像烙在我眼睛內側一樣，揮之不去。

那個帶著茫然的背影……不知道她到底是怎樣的表情……但我覺得從她的背影看到了她的困惑不解。是的，她凝視著隧道深處，一定是不斷思考著自己為什麼會死掉？……為什麼自己會在這裡呢？……我看見她側著頭，好像陷入沉思之中……

……一個人在房間裡的時候，就算到了晚上，我也不敢關燈，總覺得背後好像有什麼人，我經常回過頭去看。當然，其實根本沒有什麼人……洗臉的時候，也覺得鏡子裡映著那個少女。整天戰戰兢兢的，旁人看來我一定像頭受驚的小動物。

然而另一方面，我卻不知為何總是對那個少女無法釋懷。一想起她的背影，我的胸口就有一種輕微的壓迫感，心情變得十分憂傷，即使是晴朗的天氣也覺得像下雨……

無論在公寓房間裡的時候，還是在學校裡上課時，我的腦海裡總會浮現少女的背影。我很害怕，很想逃離那背影的糾纏，但又力不從心，無法自拔……

……啊，真對不起，我只顧自己發呆。只要想到那個背影，就算有別人在眼前，我也會這樣的。真對不起……哎呀，怎麼辦，店裡的人在看著我們這邊呢……周圍的人可能以為是老師把我弄哭了呢……對不起，到現在我還是常常……覺得很痛苦……可是又無法忘記……所以我才強忍著恐懼，決定調查她的事情……

我深信膠卷中的少女就是那個身分不明、被處理掉屍首的死者。我蒐集了一些那件案子的資料，可是沒有什麼斬獲，所謂蒐集資料也不過是找出當時的報紙複印一下而已。知道我在調查那件事情後，學長看我的眼光就像看怪物一樣，他似乎對我想知道那名少女的事情感到奇怪。

我從學長那裡打聽到當時拍攝電影的成員的聯絡方法。最初他不願意透露，但最終還是告訴了我，口裡還叨唸著「我可不管會發生什麼事哦」。

當時只有四個人參與拍攝那段影片，導演、攝影、燈光和一名演員……都是男生。我打了電話給他們每個人。不，他們現在都在普通的公司上班，和電影沒有關係。

我在電話裡告訴他們，我是大學電影研究會的成員時，他們都變得很緊張。雖然看不見表情，但我能感覺到，幾乎可以聽見他們倒吸了一口氣再握緊話筒的聲音。也許他們早已在冥冥中預料到有一天，會出現一個像我這樣的人來找他們……

我表明意圖後，當時負責燈光的人和演員都拒絕和我談話，還掛斷了電話。他們都結了婚，建立了普通的家庭，由於結婚後姓名改變，所以有的接電話的是妻子，有的聽見屋裡有小孩的笑聲。我想他們一定都很想忘掉影片裡的那個少女……

不過，當時擔任導演的那位學長卻認真地回答我的疑問，剛才我給你的那本筆記就是他記錄的。我雖然提了一些問題，但是並不知道應該問些什麼，只是詢問一下拍攝現場當時的具體情況，和確認攝影日誌中的一些紀錄。

那位導演學長用一種十分抱歉、好像自己必須對重大罪行負責似的語氣告訴我，當時隧道裡根本就沒有什麼少女……

攝影師也答應跟我談話，不過他講的幾乎和導演所說的一樣，我沒有新發現。攝影師拍攝那個鏡頭時和其他人不一樣，他始終是透過攝影機的鏡頭觀看拍攝到的情景，那時候，他是否看到了那個少女呢？我很關心這個問題。

但他的回答是根本沒有看見，他像平常一樣拍攝，然後把膠卷拿去沖洗。一週後把沖洗好的膠卷取回來放映時，少女出現了……他是這麼說的。

我自己也搞不太清楚，不過據他說，少女背上的燈光也很奇怪。攝影時準備的照明器材只夠照亮男演員的背部，而站在稍遠地方的少女背部，卻在黑暗中顯得那麼光亮……

對了，在掛斷電話之前，他還提到飆車族。剛才的筆記本上也貼著相關報導，是從報紙上剪下來的。七年前在發現少女屍體的時候，隧道一帶常有飆車族出沒……是啊，如果是那樣的話，真是讓人難受……

願意和我談話的兩位學長從看了那段影片以來，也在蒐集那個案子的資料。看到少女一點點地轉過身來，他們雖然因為恐懼而將膠卷封存起來，卻沒有把它燒毀……我詢問原因，他們兩人都語帶悲痛地回答我，因為他們覺得死去的少女進入電影裡，像在沉默地控訴著什麼，所以不忍心把它丟掉……

他們兩人說，直到現在，只要閉上眼睛，都還能夠回憶起那個默默佇立的少女背影，像背對著自己哭泣……兩人在結束談話時都對我說，如果少女的事情有新的進展，希望我再和他們聯絡。

我有這樣的感覺，學長們如果沒有在五年前拍攝那段影片的話，或許現在的人生會大不相同。因為一般人不會身處氣氛愉快的地方時，突然悲傷起來……但那些學長這些年來可能都是在這種情況下生活過來的……

掛斷電話以後，我不知道該怎麼辦。學長的話也好，案件的新聞報導也好，都無法告訴我任何重要的資料，我實在不知道應該再怎麼調查了。但在放棄的同時，我也感到輕鬆許多，因為我覺得我已經盡力了，可以不用再管這件事了。

……但是，事情到這裡還沒有結束，因為那時我突然想起一條線索。第二次看那段影片時，我記得好像看見少女制服的袖子上有一個校徽標誌。對，沒錯，正是因為她想轉過身，我才看見了那個校徽。我想，透過校徽也許能知道少女就讀的學校。

可惜，當時我並不是看得那麼仔細，沒有記住校徽的特徵……為了確認校徽，我必須第三次放映那段影片，重新仔細地觀察一遍……

我猶豫了，我害怕被捲入得更深……我覺得好像被那名少女拉著手，引向一個黑暗的世界……

我覺得沒有什麼比那少女轉過身來更讓人恐懼了……隨著一次又一次的放映，少女的後腦勺慢慢地向右移動，她的左耳和左邊的臉頰漸漸露出來，過不了多久，她就會完完全全轉過身來……到那時候，我到底會看到怎樣的一張臉呢？……會是瞪大了眼睛，半張著嘴，一臉茫然的表情呢？……還是一張因痛苦而扭曲的臉呢？……我真的不想看到她的臉……

但我的心裡有一個聲音在告訴我，不可以逃避……雖然那聲音非常微弱……而且我想，如果只是再看一、兩回的話，她大概還不會完全轉過身來……所以，我心驚膽顫地決定再看一遍那段影片。

是的……到目前為止，我一共看了三遍。那是第一次看影片後的十天，離現在大概一個月前的事，我安裝好銀幕和放映機，鎖上社辦，不讓任何人進來，然後從架子深處取出學長放在裡面的電影膠卷。

將膠卷裝上放映機的時候，我全身起了雞皮疙瘩，皮膚上的寒毛都豎了起來。關了燈之後，我從最前面開始放映。銀幕上出現了演員愉快的表情，耳旁只聽見膠卷轉動時發出的咔噠咔噠聲。

一開始，我是坐在沙發上的，可是隨著隧道的鏡頭接近，我像受到一股力量牽引似的站了起來，一點點地向銀幕靠近，最後為了不遮住放映機投射的光線，我靠邊站著。沒多久，半圓形的隧道入口出現在銀幕上，我和銀幕靠得很近，感覺就像在跟著那個演員走進隧道一樣。

……老師。

我……之後發生的事，不知道該怎麼跟你說才好。我不知道怎樣向你敘述那種不可思議的現象……自從第三次看了那段影片以來，我的腦袋就變得一團糟……

我進入現在的大學是在兩年前決定的，當時我還在老家附近的一所高中上學。一天傍晚，我一個人在教室裡從窗戶向外望。教室在三樓，從上往下的時候，下方有幾個女學生正在走路，她們看起來就像一些小小的顆粒。

我聽得見她們的談笑聲……那時，我正為自己的人生感到煩惱和迷惘……我想，從這裡跳下去就可以一了百了……

於是一隻腳踏上了窗台……

可是猶豫了一陣子後，我還是離開了窗戶，並且在桌上放著的升學志願調查表上，填上現在這所大學的名字，決定從今以後要變得積極……在那一瞬間，我下了這樣的決心……對不起，我講了些無聊的事情……還是回到電影的事情上吧……

鏡頭切換，銀幕上出現了男演員占據畫面的背部……隨著背影愈走愈遠，愈變愈小，畫面邊緣的黑暗處，少女仍然光著腳站在那裡，雙手無力地下垂著，沒有力氣的手指微微地張開。披著黑髮的後腦勺幾乎和周圍的黑暗融為一體，只有制服的白色十分顯眼。她的背影纖細苗條，肩膀無力地垂下。她已經一個人在那裡待了很久了……我有這種感覺……

和第二次看的時候相比，她又向左轉了一些，還差一點就能看見她的側臉了……白色的臉頰已經從齊肩的頭髮和左耳的陰影縫隙中透出來，這在以前是看不見的。

還有那制服袖子上的校徽……雖然她的背影並不是很大，但是我近距離觀察銀幕，終於看清了那個模糊校徽的形狀和顏色，而且，她轉身的角度已足以讓我看到之前一直被肩膀遮住的胸前領巾……

老師……我不敢相信自己看到的，也不知道那意味著什麼。如果我沒有第三次看那部影片而是中途打住的話，或許我是幸福的。

我現在，為什麼會在這裡……老師你又為什麼會在這裡呢？……

如果說這世上存在著我們看不見的意志力……如果說她……有一種死後都無法消失的強烈眷戀，而那強大的意志力又牽引著我的話……

……影片中的她所穿的制服，和兩年前我站在教室窗邊時所穿的是一樣的……相似的制服到處都是，可是，我的直覺讓我深信不疑……是的，你說得對，她曾經和我在同一所高中上學。

# 3

……老師，你不要緊吧？從剛才開始，你的臉色好像就有些不對……你的手怎麼在發抖呀？……還冒這麼多汗……剛才你不是還說冷氣太強了嗎？

……好的，我知道了，那麼我就繼續說下去。

於是我請了假回老家，也許到那裡可以知道少女的身世，一想到這點我就無法平靜下來聽課了。那是一個月以前的事情，那次回家……就好像發生在很久、很久以前一樣……

坐在新幹線上，我離北方的故鄉愈來愈近，心情也漸漸變得不安起來。我很害怕……真的很想忘掉這一切……因為，怎麼會在離老家那麼遠的地方，又這麼偶然……

我曾經以為，我選擇離開家到現在的大學唸書，以及後來參加電影研究會，都是出於自己的意志。然而，事實也許並非如此……我可能從兩年前開始就被她牽著鼻子走了……

這太可怕了……到底有什麼東西可以證明我以前的選擇都是出於自己的意志呢？……我覺得自己好像快要消失，我害怕極了……

到了家鄉的車站，我一隻手提著行李出了剪票口。天空陰陰沉沉，雖然時值初夏，我卻覺得涼颼颼的。我事先沒有和家裡聯絡就跑回來，所以母親見了我非常吃驚，但還是很高興地歡迎我回家……

可是，他們很快就感覺到我的樣子不太對勁，問我是不是在大學裡發生了什麼事情。我怎麼能讓父母為我擔心，便笑著告訴他們什麼事也沒有，然後就去一趟以前的高中。從家裡走，很快就能到學校。

那個少女也曾經上過的學校……事隔兩年，我又回到了以前的學校，我一邊穿過校門，一邊想，那個電影裡的少女也曾和我一樣走在這條路上吧。那時已是傍晚，身旁經過很多放學回家的學生。女學生們穿著的制服是我曾經穿過的，也是電影中的少女所穿著的。

兩年前我還在這間學校的時候，說不定已經被她纏上了……我那時放棄自殺、重新確立自己的生活方式，也許根本不是出於自己的意志……我一邊走，一邊想。

我一方面對自己深感不安，另一方面卻又不知為何總想知道那個少女的事情。你不覺得很不可思議嗎？……

我……自從看了那部電影之後，常常作同一個夢，夢見自己被人殺死，扔進隧道的排水溝裡，還在上面壓上好幾塊大石頭。我在夢裡經歷了她曾經遇到的遭遇。太可怕了……太殘忍了，為什麼……兇手好像根本沒有把她當作一個人來對待……我覺得新聞報導中的她好像就是我自己……

她希望人們可以找到她……我有這樣一種強烈的感覺。她不希望自己只是一具被飆車族殺害、身分不明的屍首，而是一個曾經活著的人……我想弄清她的身分，讓她重新成為一個有身分的人，讓她被親友悼念……

走進教學大樓後，我一邊走向辦公室，一邊想著要是事先打個電話就好了，我有點擔心突然造訪會不會吃閉門羹。這時，正好有位曾教過我的老師從眼前走過，是H老師，一位上了年紀的男老師。他似乎還記得我，我一叫他，他就吃驚地喊出我的名字。

我是屬於那種不怎麼能和老師說話的人。同學們親密地跟老師打招呼的時候，我只是在一旁遠遠地看著……不過，H老師是到目前為止唯一一位和我關係不錯的老師。他雖然不愛講話，不怎麼引人注目，但為人和善，臉上常帶著溫暖的微笑。他是歷史老師，在那所高中已經教了三十五年，大家背地裡都戲稱他老頭子。但我喜歡這位老師，也常常受到他的照顧。

H老師好像剛上完課，所以可以和我談話，我們就站在走廊角落裡開始閒聊。我先簡短地聊了一下近況，然後問他知不知道七年前有一名本校女生失蹤的事情。

老師對我的問題有些不知所措，但他還是回答我了。他說近十年來突然失蹤的男女學生一共有五個人，這些學生幾乎都是平常在生活態度上有問題的孩子。

但是，其中有一個女孩子是非常嚴謹認真的。H老師對那個女生還有一些印象，課堂上即使別人都沒有聽老師講課，她也會認真地做著筆記。

那女孩失蹤的時間是七年前的七月七日，當時還有一個星期，學校就要放暑假了……那正是少女的屍體在隧道裡被發現的那一年。

我一個勁地問了很多關於那個女孩的問題，叫什麼名字……住在什麼地方……

老師對我的反應感到很驚訝。一般情況下，這些資料是不能隨便透露給外人的，對吧？可是H老師也許感覺到我在做一件很重要的事，所以他告訴了我那個女孩的名字和住址。

電影中那個女孩的身分之謎，在那個時候解開了……

少女的家離我家不遠，從我家附近那個車站坐電車的話，二十分鐘左右就能到達。那是一間獨棟的小型西式房屋。之前我並沒有考慮過知道少女家的住址後該怎麼辦，對於和她的家人見面，我感到非常不安。老實說，我根本沒有想到可以這麼快弄清少女的身分，所以覺得迷惘而不知所措……

可是我又覺得，無論如何都必須去她家一趟……在我的心靈深處，覺得那就是我的使命……所以和H老師道別後，我決定立刻去她家。

在造訪之前，我事先透過H老師告訴我的電話號碼與她的家人取得聯絡。一位可能是少女母親的人接了電話，我當時非常緊張地與她對話。

我現在可以去拜訪嗎？我想和妳談談關於妳女兒失蹤的事情。我毫不隱瞞地告知造訪的目的，本以為很可能遭到拒絕，但是少女的母親沉默了一會兒後，十分客氣地答應了我的要求。

按響了門鈴之後，在等待開門的時候，我抬頭望著二樓的陽台。天氣陰陰沉沉的，好像馬上就要下雨似的，灰色雲層下面，二樓窗戶的窗簾拉得緊實。窗簾是以櫻花色的條紋花布製成，顯示那是個女孩子的房間，我覺得那就是少女的房間。

玄關門打開了，開門的是個漂亮的女人，她是少女的母親。她臉上化了妝，衣著考究，給人一種在一流公司上班的婦女形象。

事實也的確如此。她和丈夫離了婚，現在在朋友的小公司工作，目前和兒子兩人一起生活，她兒子就是少女的弟弟。我進到屋內，一邊喝茶，一邊與她談話。

很奇怪吧。對於我這樣一個素不相識的陌生人突然提出造訪，她不但沒有拒絕，還讓我進入家裡……我覺得很奇怪，就問她為什麼願意和一個從沒見過面的人說話。

少女的母親說，我打電話的那天早上，她夢見了女兒……她在夢中聽見電話鈴響，拿起話筒一聽，裡面傳來了七年前失蹤的女兒的聲音，說馬上就會回來……

可是，現實中出現的並不是失蹤的女兒，而是從沒見過面的我，所以少女的母親問了我很多問題。我是誰？住在什麼地方？為什麼會關心她女兒的事情？……關於我自己的問題，我都盡量回答，至於我是如何知道少女的事情，又為什麼要進行調查，我則沒有詳細說明……

電影的事和身分不明的屍體一事，我都沒有提及。那卷八毫米電影膠卷我沒有帶，留在研究會的房間裡。要是那時我帶著膠卷的話，說不定會讓她確認一下電影裡的少女是不是她女兒……

總之，我對少女的母親總是避重就輕……當時我也覺得很為難……看見我那樣子，少女的母親一臉不安地說，如果知道那孩子的下落，請我一定要告訴她……

我也覺得很不公平……我自己什麼都不肯說，卻只是一直要求對方回答……

我問她，在七年前的七夕——少女失蹤那天，有沒有察覺到女兒有什麼反常的地方。少女的母親盯著自己放在桌上的手，回憶當年的情況。

七年前那時候，少女的父母正在鬧離婚。他們是在唸高中的時候認識的，交往不久就有了孩子，於是就奉子成婚了，可是後來，各種問題開始浮現……

當時，少女對於父母離婚後要跟誰一起過這個問題，感到很煩惱……

如果跟著父親的話，就必須搬回父親的老家去，也就不得不轉學。母親認為那樣會給女兒造成負擔，所以主張女兒跟自己一起過。

聽少女的母親說，她父親是個認真而嚴厲的人，他對自己的要求也很嚴厲，很能控制自己的言行，在家裡從來沒有和妻子吵過架，特別是孩子在的時候，他不想給孩子帶來壞影響，所以裝作和妻子的關係很好。

可是，少女還是感覺得到吧。她為此感到苦惱……那正是多愁善感的年齡……內心充滿矛盾和不安也毫不稀奇……

七年前的七夕是個星期天，少女和朋友一直玩到接近中午時刻，她們去了百貨公司、植物園，然後到了車站前的時候，她說還有事，就和朋友分開了……從此以後，她就再也沒有出現過。

那天晚上，母親一個人在家等著少女回來。少女的父親幾天前回老家，預定星期一以後才回來。母親說他非常擔心女兒，星期一早上就開車回家，進門第一句話就問女兒找到了沒有……

當時上小學的弟弟也去了朋友家玩，晚上住在朋友家裡。由於那天是七月七日七夕，他還在朋友家放煙火，在細竹上掛上小紙條。接下來的一週內，他都不知道為什麼沒有看見姊姊……

大概一個月後，也就是八月中旬時，隧道內發現了身分不明的屍體，但是由於無法辨明身分，誰都沒有把這件事和少女的失蹤作聯想……她的母親甚至好像還不知道有這起案件發生。

雖然失蹤與隧道內發現屍體之間有一個月的時間，但少女應該不是被監禁在什麼地方吧。我想只是屍體被藏在隧道裡，一直沒有被發現而已，所以少女很有可能是在和朋友分開後不久就遭到殺害，並被棄屍於隧道內的。

……我、我不太願意去想這樣的事情，什麼屍體啊、棄屍的……好像少女不是一個人，而是一個符號一樣……我覺得很難受……

我還看了少女曾經住過的那個二樓的房間……我無論如何都想看看她的房間，所以就拜託她母親讓我進去看看……

老師……也許你會認為我說的不是事實……我……進到她家以後，就一直有種強烈的感覺，想到她二樓的房間去……到底為什麼呢？我自己也不清楚……

就好像有個看不見的人抓住我的手腕往那個方向拉一樣……不，當然並不是真真切切地感到有人抓住我的手……對不起，就當我什麼也沒說……

她的房間是一個普通女孩子的房間。窗邊擺著小小的狗狗裝飾品，書架上排列著小說、ＣＤ……就像是從七年前就保持原樣到現在。

我覺得很難過，因為她並不是從一開始就失去生命，躲在電影裡的她曾經活著……這本來就是理所當然的事情，但當我看了那個房間後卻真實地感受到了。

房裡有她穿著高中制服的相片。對，沒錯，那是我第一次看到少女的臉，她長得很像她母親，非常漂亮……房裡還擺著其他各種照片，我沒有看得很仔細，裡面還有與家人一起照的全家福……也有小時候的照片，她和一個孩子搭著肩膀，笑得很開心，那應該是她的好朋友吧……是，對，是的……其中還有她和父親一起拍的照片……但是臉照得太小，看不太清楚……

少女的母親一邊小心翼翼地一個一個撫摸著房裡的東西，一邊向我敘述七夕那天晚上的事情。由於女兒一直沒有回來，焦急的母親打了電話給她的同學。很久以前曾有一次，女兒臨時決定住在同學家，卻忘了打電話告訴媽媽，回家後被父親狠狠地訓斥了一頓。但是那天晚上，少女並不在同學家裡……

母親漸漸覺得事情不妙，她開始想，女兒會不會跑到了父親的老家，會不會是想跟父親一起生活而又不敢對自己說……

於是，她打了電話到少女父親的老家那邊確認。當時父親的老家那邊有祖父、祖母，接電話的是祖母，但她告訴少女的母親，孫女沒有去過……

我一邊聽著少女母親的描述，一邊看著少女的書架。最初只是不經意地看著……後來我發現了一樣東西……那是電影的宣傳手冊……徵得少女母親的同意後，我把它從書架上抽了出來，那是我喜歡的一部法國電影的宣傳手冊……

眼淚突然奪眶而出，我哭了起來……我家裡也有同樣的宣傳品，我也是這樣放在書架上……原來她也喜歡這部電影，一這麼想，我便感覺到我們之間的友情……我打從心裡為她的死難過了好一陣子，她的母親在一旁不知所措地看著我……

我借用了一下洗手間，洗了臉。在我決定告辭離開她家的時候，突然聽到背後有人叫我——姊姊……大門那邊傳來一個男生的聲音。我轉過頭一看，門口站著一個看來比我還小幾歲的男孩，我立刻意識到他就是少女的弟弟。他個子長得很高，聽說已經上大學了。

當他發現自己認錯人以後，不好意思地搔了搔頭。他說他看見門口的鞋子很像以前姊姊穿的那雙，還以為是姊姊回來了。

在大門口低頭行過禮後，我離開了少女的家。我離少女思慕的家愈來愈遠，心裡祈禱著，希望他們母子倆今後能幸福地生活下去……

接著我立刻搭上新幹線，晚上就回到了自己的公寓。和去的時候一樣，回來時，我的腦子裡也一直想著少女的事情。這就是一個月前回老家的事情。

是的……現在我能說的基本上已經說完了……對不起，老師，我講得太長了，外面都已經暗了……

……

你說那卷膠卷之後打算怎麼辦是嗎？我打算找時間交給警察……老師，你為什麼這麼著急呢？……是這樣啊，因為身為作家，所以無法保持平靜的態度是吧？是的，你的心情我能了解。

……

那沒有關係的。對，現在去學校的電影研究會的話，應該可以看到……好吧，既然老師這麼講的話……

而且說實話，我本來也打算請老師去看看的，因為其實這件事我也還沒講完。

……是的，基本上都講完了，但還有一點點沒有說。那天我回到公寓以後，注意到一件很奇怪的事情。好的，這個就等到了電影研究會的社辦再說吧……我還沒說完的，就是少女到底是被誰殺害的這件事……

# 4

請進，這裡就是電影研究會的社辦。不好意思，這裡很亂，我先整理一下。真是的……我應該事先把這裡打掃一下才對……其他人今天好像都不在，這正合我意。現在研究會的成員中，只有我和那個學長兩人知道那卷膠卷的事。我不想讓太多人知道這件事而引起騷動。

老師，請你坐在那個沙發上，注意上頭的菸灰。對，沒錯，膠卷就是在那個沙發下面發現的。

……老師，你怎麼了？從剛才開始，你的臉色就不太好。

只是身體有些不舒服？……是因為我沒把話說完，讓你覺得有些不舒服是吧？都怪我……剛才在路上要是邊走邊說就好了，可是，我實在很想讓你一邊觀看實際的影片，一邊聽我說。我的想法是有些奇怪，真對不起……

這就是放映機，把它放在這個位置……請幫我把它往前挪一點，謝謝……

你本來可以騎自行車先到學校來的，讓你陪我一起走這麼長的路，真不好意思。推著自行車走路一定很累吧。

膠卷就在這個架子裡面……找到了……就是這個……對……這個圓形的盒子裡……裝著那卷拍下了少女的膠卷。直到現在，我把它拿在手裡的時候……

還是覺得這個盒子十分冰冷，像拿著冰塊一樣……那麼，我現在就把它打開。

……這個就是膠卷，比想像的要細吧。我現在把它裝到放映機上去。

……

老師，你的臉色還是……你的額頭在冒汗……你怎麼了？……

……我的臉色也不好嗎？是啊，我也覺得喘不過氣來……每次放映這個膠卷的時候，我都會這樣，心情很沉重、很難受。

老師，今天真是非常感謝你，一直聽我說到現在，還替我付了紅茶的錢……我以前從來沒有像今天這樣深刻地思考過命運。我有些囉嗦嗎？是啊，這句話我今天說了很多次吧。

……我走進咖啡店的時候就知道，少女的意思一定就是這樣的。是的，被殺的她還留戀的應該就只有這個……哎呀，老師，你沒事吧？你的臉……

是啊，我剛才淨說些莫名其妙的話，現在膠卷已經裝好了，我就開始說吧。在此之前，我得先讓房間暗下來才行……外面已經天黑了，只要把燈關掉就行了。

……少女出現的部分在最後，但是今天好不容易來了，就從最前面開始看吧。從開始到隧道的鏡頭出現約有五分鐘左右的時間。利用這段時間，我就聊聊我從少女家回到自己的公寓後所思考的事情吧。

其實我想到的也不是什麼很特別的事。雖然讓老師感到有些焦急，但你聽了以後一定會大吃一驚的……不，那倒不是。就我剛剛說的這些事情來看，是無法肯定兇手是誰的……

好了，請你看銀幕吧。現在開始了。現在正在說話的兩個人是五年前的電影研究會成員。八毫米膠卷放出來的影像很有氣氛吧……錄影帶的影像可以真實地表現出現實，而電影膠卷的影像總有些朦朧，帶著夢幻色彩……

回到少女的話題，我那天回想少女母親的話，覺得有件事很奇怪。

少女失蹤那天是星期天，中午之前和朋友一起到處玩……

老師，你不覺得奇怪嗎？……你想不出來嗎？要是我的話，一定會穿一般的衣服去玩的，而且一定不會穿制服，可是電影中的少女卻穿著制服……

也許是我想太多了。雖然電影中的她穿著制服，但並不代表她死的時候也是穿著制服，也許實際上根本沒有任何關係。可是，她在電影裡是光著腳的……但身子卻不是光著的，而是穿制服，我總覺得這意味了什麼……

如果我沒有注意到這一點的話，那天晚上我可能就不會打電話到少女家了。我很想知道少女死後，她的房間裡有沒有制服。

接電話的是少女的弟弟，七年前他還是個小學生，不過他仍記得姊姊失蹤前一天晚上的情形。他看見姊姊在自己的房裡坐立不安，還往上學的書包裡塞了些什麼東西。據他說，房間裡沒有姊姊的制服。

在此之前，我一直以為少女在車站前和朋友分開後，就在附近被某個人綁架了，當然可能不只一個，而是一群兇狠的歹徒……然後，活著的時候或是在被殺死後，被運到那個坐新幹線要走兩個小時的隧道裡……歹徒可能把她塞進後車廂，也可能是用繩子綁緊了，橫放在車子後座運去的……

但是聽了她弟弟的話以後，我改變了想法。她可能是自己主動離家，坐上新幹線的。也許她打算星期天離開，然後星期一再回來，直接去學校……所以她帶了制服……裝進書包裡的可能是上學要用的東西，包括制服……

老師，老師，你不要緊吧？你看起來氣色很不好……但是請你仔細看銀幕……老師，你一定要把她看清楚……再過一會兒就是隧道口的鏡頭了……啊，為什麼我的心情會這樣呢……好難過……這個鏡頭完了以後……就是隧道口正面的畫面……這……就是了……這個半圓形的黑洞就是……這個隧道……現在那個男演員就要進去了……當他的背影完全消失在黑暗裡的時候……

我和少女母親談話的時候，總是漏掉一些重要的線索。我應該注意到當時那一絲不和諧的感覺……少女的母親是這麼說的，她說她丈夫是個認真而嚴厲的人……這樣的話，父親星期一回來時，為什麼會擔心地問女兒找到了沒有呢？最初聽到這句話的時候，我想，原來她父親那麼關心她呀？可是，一般情況下會如此嗎？女兒不過是一個晚上沒聯絡、在外頭過夜而已。事實上，少女也曾有一次留宿在外而忘了打電話回家，第二天回來以後，他狠狠地教訓了女兒一頓。失去聯絡還不到一天的時間，可是父親不是生氣地詢問女兒「回來」了沒有，而是擔心地問女兒「找到」了沒有……

過了七年後的今天，母親和弟弟相信少女還在某個地方活著，但是父親的話在如今的我聽來，好像是問：「找到」屍體了嗎？……是的，我懷疑她的父親……

老師……馬上就是了……先是演員大大的背部……然後向隧道出口移動……變小了……快看……在那裡……

老師？你看見她了吧？比上次更轉向這邊了，可以看見淨白的側臉了……和她房間裡放的照片一樣的臉……她垂著眼簾，表情是如此悲傷……

老師，怎麼了？你的臉為什麼這麼蒼白？難道，老師……你是……

電影就快結束了，那演員就要消失在隧道出口處了……結束了……老師，老師……我們再看一遍吧，我來倒帶。再看一遍的話，少女應該會再轉過來一點……到時她就能看見老師你了……

嗯，果然沒錯，從老師現在的表情來看，我想我猜的應該沒錯。之前我也不敢確定……我進入咖啡店，第一眼看到老師的時候，就在想你會不會是……因為我在少女房間的照片之中，看到一張和你很相像的臉……老師，你是少女的……

好了，膠卷已經倒好了，我們再從隧道正面的鏡頭開始……

老師……我還是想問問你的本名，可以嗎？

老師，我在電話裡聽她弟弟說，到她父親的老家要坐兩個小時的新幹線……她父親的老家就在隧道附近……這樣一來，殺害少女的兇手是誰就呼之欲出了……少女做好星期一去學校的準備後，乘坐新幹線到父親的老家那裡。和朋友玩的時候，她應該是把行李寄存在什麼地方吧。她本來應該在星期一早上坐父親的車回來的。

她也許是把和母親聯絡的事交給父親，可能是覺得對母親有所愧疚吧。父母離婚後，她想跟著父親一起生活，但她沒辦法對母親說出口，於是就背著母親溜了出來……

……

啊……她……站在隧道裡的黑暗中……老師……看見了吧？……在畫面的這一端……她轉過身來了，正望著這邊……

老師，我在電話裡問過了，他們以前曾住過父親的老家……而她父親的老家就在這一帶……老師你的家也是……

老師，你果真是少女的……

……

……

……

沒錯……就是你剛才說的這個名字……那就是她的名字。請你……保持冷靜。真是可憐啊……老師……你不知道她的死一點也不奇怪，因為現在除了我和你以外，還沒有人知道……兇手是為了防止她的身分暴露，才將屍體上的牙齒全部拔掉。另外，屍體有一部分還沒有找到，應該是被兇手帶走了，這一定也是為了不讓別人發現她的身分。兇手一定是覺得因骨折而裝上骨板的部位太顯眼了吧……

你知道她七年前不想跟著母親，而想跟著父親的原因嗎？她一定以為還可以像以前一樣在父親的老家生活。她的房裡有一張小時候的照片，照片上，她和一個曬得黑黑的男孩互摟著肩膀擺出『V』的手勢……那個男孩長得跟你像極了……我問少女的母親，那個男孩是誰，她說是搬家前住在父親老家附近的鄰居。

她一定是想見見你……她無法忘記和你一起玩的日子……好了，老師，請你仔細地把她看清楚，牢牢記住她的臉……電影馬上就要結束了……老師……

## 5

……啊。

你好。你從什麼時候開始站在那裡的？我只顧著看巴士時刻表，沒注意到你來了。不、不，沒等多久，我也是剛剛才到。

老師是騎自行車來的嗎？一定很辛苦吧。路上有一段很長的爬坡對吧？我以為你也是坐巴士來，所以正在這裡看下一班車什麼時候到呢。

那麼，我們走吧。從這裡走，很快就可以到那個隧道了……是的，這花是我在路上買的，我能做的也只有這些了。天空放晴了，真是太好了，陰沉沉的天氣已經持續太久了。

……對了，那卷八毫米膠卷你怎麼處理？是嗎？放在家裡保存啊……是的，我覺得這樣是最好的，請你一直留在身邊吧。把它交給警察或她的家人都已經沒有什麼意義了。

……我想她從電影裡消失，是因為她見到你了。她一定是自己決定離開的……不過我希望你至少能保存那卷膠卷。

……看到了，是和電影中一模一樣的景色。這裡的時間好像靜止了似的，一切都和七年前一樣……走吧，我們進去吧。

雖然是白天，可是隧道裡還是很黑，而且有點冷……明明是夏天……還有腳步聲的迴音呢……

老師，她父親的老家現在怎麼樣了？……是嗎？五年前被拆掉，蓋了別的房子……七年前她父親離婚回來之前，都是祖父、祖母兩個人住在那裡吧。

……

……看見了。電影中，少女就是站在那個位置的……她的屍體是在那旁邊的排水溝裡被發現的……

……上面還被壓了重重的石頭。一想起這些，我就覺得難受和憤恨。

……據我所知，她父母離婚是因為她母親紅杏出牆。她父親是個自制能力很強的人，所以即使憤怒，也沒有大吵大鬧，但他對妻子的怨恨卻不知不覺地轉移到女兒身上。

她父母是在高中時認識的，後來隨著女兒慢慢長大，她變得愈來愈像年輕時的母親。我從她的照片中可以清楚看見她母親的影子。她遇害的真相到底是什麼，我不得而知，但我猜這就是她遇害的原因……

七年前的七月七日，傍晚時分，少女到了父親的老家……那時，她應該還穿著普通的衣服……到了之後，她受到父親及祖父母的熱情招待……一家人一起吃晚飯，氣氛十分融洽……老家的客廳裡有被爐，雖然是夏天，可是拿掉被子後，被爐仍然可以當作桌子用……上面擺滿了盛菜的碗碟……後來因為某種原因，她換上了制服，一定是想讓祖父母也看看自己穿著制服的樣子吧。那時她父親不在客廳裡，她換上制服，來到祖父母面前，轉著圈向他們展示自己的身姿，然後她離開客廳，回到祖父母為自己準備的房間。那個房間在一樓，外面有緣廊，她在房裡看見父親一個人站在漆黑的院子裡，那裡只能看見父親的背影，他抱著手臂像在出神地想著什麼事情。少女來到緣廊上，她光著腳，踩在涼涼的地板上。少女出聲叫了在庭院裡的父親，聽到女兒的叫喚，父親轉過頭來……那時候……那時候父親的臉……

父親把穿制服的女兒當成了年輕時的妻子……於是內心的怨恨突然湧起……

……

……一切都是我的想像。可是老師，我……我的腦海裡可以浮現出一幕幕清晰的畫面……不管是她穿著制服讓祖父母看的時候，還是被掐著脖子的時候，一連串的情景都好像我親身經歷過的一樣……

我想那應該不是有計畫的謀殺……看著女兒的屍體，父親也不知所措……但他想起了女兒似乎沒有把行蹤告訴其他人……是的，父親知道她沒有告訴別人。他聽女兒說過，因為覺得對不起母親，她沒有把這次旅行告訴任何人……所以他決定把女兒的屍體藏起來，裝作什麼也不曉得……

老師，你知道嗎？……在犯罪心理學中，兇手即使殺死了自己的親人，破壞屍體的例子也極其少見……我看了點書，從書上知道的……對，據說那是很少見的……

……

老師，我明白你的心情，我也和你一樣。是啊……真是太愚蠢了，她為什麼只因為這一點小事而失去生命呢？……這太過分了。啊……就在這樣一條狹窄的排水溝裡，她……

她的屍體在這裡被發現的時候……是七年前的八月吧……聽說她父親死的時候，也是在八月的大熱天裡。女兒屍體被發現，到他死的時候剛好四年。你也被查問過，所以知道這件事吧？她父親應該是自殺的吧。據說在海邊撈起他的屍體時，已經不成樣子了……

她的祖父母沒有對街坊鄰居說起過孫女失蹤的事嗎？你住的地方離她祖父母家很近吧？你一點也沒聽說過她失蹤的事嗎？也難怪，她母親打電話詢問的時候，她的祖母都沒有告訴她孫女來過……

如果是那樣的話……不……別說了……我不願再想下去了……那太可怕了……老師，你別說了，別再說下去了……求你別說了……她太可憐了……好像所有的人……所有人都在欺負她……

老師，我們現在該怎麼辦呢？把她的事情告訴她母親和弟弟嗎？或者讓它永遠成為一個秘密好呢？我不知道怎麼辦，我好像被困在黑暗中一樣。

明明已經接近她死亡的秘密了，卻不能把它暴露在陽光之下，反而讓它籠罩在更深、更濃的黑暗中。我覺得好像又再次將她遺棄在黑暗的隧道裡一樣……

老師……你怎麼這樣……是這裡太黑了嗎？……我……什麼也不……

……

……是啊，唯有這一點是毫無疑問的，她在電影中最後的表情……她靜靜地望著你，嘴角浮現出溫柔的微笑……那一瞬間，我也看到了……

她臉上雖然帶著寂寞和憂傷，但那絕不是一種被仇恨和痛苦糾纏的表情……而是一種平靜地原諒了所有人的表情……在這個暗無天日的隧道裡，她放棄了仇恨，選擇了愛……

老師……

來，這個給你……你親手把花獻給她，然後我們一起合掌為她祈禱吧。

……她並不是想把自己遇害的真相公諸於世，她引領我去她家，也不是為了控訴父親的罪行。她拉著我去她的房間，是想讓我看見在她房間裡，那張你與她的合照……然後她讓我把你帶到這裡來……

……

原來是這樣啊……所以在咖啡店的時候，你的臉色才那麼難看啊……對，你那時感受到的視線，一定就是她的……我想她一定就在我的身旁……

現在看來，我選擇那所大學、發現那卷八毫米膠卷，以及小K把我介紹給你，所有的事情都是在她的意志影響下出現的結果……

本以為是自己的決定，但其實並不是自己所決定的……剛開始發現這個事實的時候，我覺得很遺憾，心想自己也許跟想從校舍跳下去那時一樣，根本什麼也沒有改變……可是，我錯了，也許她的意志的確左右了我的生活。

可是，想要幫助她的心情，的的確確是發自我自己內心的。這一點我可以肯定……

她一定是想讓我活下去，引導我……對我說，堅強些，只要妳活著的話，什麼事情都可以做……看到她轉過身來的笑臉時，我覺得自己做了一件非常了不起的事，我第一次為自己感到驕傲……

我想我會永遠記得她，不管今後發生什麼事……即使是覺得世界只有一片黑暗的時候，我也會想起她美麗的微笑，然後堅強地活下去……

老師……我有一個請求，你聽了不要笑。你能讓我坐在自行車後面，載我騎一段路嗎？讓我從山坡上滑下去，感受一下少女當時感受到的風……隧道裡雖然黑暗，但是外面一定是晴空萬里。只要走出去，眼前就會立即一片光亮，然後我們就會深刻地意識到自己是活著的。夏日的陽光灑落在樹葉上，在路上留下斑駁的樹影，我們就從那些樹下穿過吧……

就讓我們在這裡再緬懷她一下吧……

# 失去的　故事

# 1

婚前，妻子是一名音樂老師。她長得很漂亮，也很受學生歡迎，婚後還收到以前的女學生寄來的賀年卡和男學生寫來的情書。她總是很珍惜這些信，小心翼翼地把它們放到臥室的架子上，每次收拾房間的時候，她就會把信件拿出來看看，臉上洋溢著幸福的微笑。

妻子從小就開始學鋼琴，從音樂大學畢業後，她的演奏聽起來已經具備專業水準，但不知道為什麼她沒有成為鋼琴家，我覺得很奇怪。不過，內行人似乎還是可以聽出她演奏中的瑕疵。婚後，妻子偶爾仍會在家裡彈琴。

我完全沒有音樂素養，連三個音樂家的名字也說不上來。妻子在家常會為我彈上幾曲，不過老實說，我根本不知道古典音樂到底有什麼好聽的。沒有歌詞、只有旋律的音樂該如何去欣賞呢？這對我來說實在是個難題。

認識三年後，我送了她一枚戒指。婚後，我們一起住在她父母的家裡。我自己的父母都已過世，很久沒有可以稱為「親人」的人了，可是結婚後，親人一下子就多了三個，接著一年後又多了一個。

女兒出生後不久，我和妻子間的爭執漸漸多了起來。我們都屬於很會說話的類型，不知是否因為往壞的方面去，我們常各持己見，為一些小事爭論到深夜。

剛開始，這種爭論也能帶給我們樂趣。互相傾聽對方的心聲，同時表達自己的意見，在接受和否定對方的過程中，我們都覺得加深了對彼此的了解，令彼此的心更為接近。可是後來，我們漸漸變得不壓倒對方就不甘心。

我們開始爭吵，即使岳母在一旁哄著哭鬧的女兒時也不例外。談戀愛的時候，大部分的人都只會看對方身上的優點，即使發現對方的缺點也會用愛去包容。可是當結婚後，彼此一直緊密地生活在一起，缺點便一直都在眼中揮之不去，變成互相嫌棄。

為了壓倒對方，取得勝利，我們開始用一些傷害對方的話語，有時甚至為了逞一時口舌之快，說出一些違心之言。

但我並不是真的討厭她。她似乎也和我一樣，不是真的討厭我，每當我看到她左手無名指上的戒指時，我就能感覺得到。可是不知何故，我們總是互不相讓，連退一步都不願意。

只有她彈鋼琴的時候，才會覺得戒指礙事，把它摘下來擱在一旁。以前看到她這樣做的時候什麼都沒想，但自從我們經常爭吵以後，我開始覺得那無言的動作好像在說，如果沒有結婚，繼續當鋼琴教師有多好。

我是在和妻子吵架後的第二天遇上車禍的。我打開車庫準備開車去公司，樹上新綠茂盛的嫩葉令人賞心悅目。那是五月一個晴朗的早晨，青翠的綠葉上，滴滴朝露閃耀著太陽的光輝。我坐上駕駛席，發動引擎後踩下了油門。到公司需要二十分鐘左右的車程，途中開到十字路口時，紅燈亮了，我停下車，正在等著綠燈的時候，駕駛席的窗戶突然黑了。轉頭一看，我看見一輛貨車的正面，它不只擋住了陽光，而且已經到了我的眼前。

我不曉得自己是何時醒來的，又或者其實我依然在沉睡的狀態。周圍是一片黑暗，沒有一絲光線，也聽不見任何聲音。我不知道自己身在何方。我試著動了一下，卻發現自己甚至連轉動一下脖子都不行，全身使不上力，甚至沒有觸覺。

只有右手肘的關節到手指部分有麻痺的感覺，前臂、手腕以及指尖這些部位的肌膚都好像被靜電覆蓋著一樣。前臂的側面好像接觸著什麼東西，感覺像是床單，那是我在黑暗當中唯一能從外界得到的刺激。透過那一點點觸覺，我猜想自己可能是躺在一張床單上。

我弄不清楚自己到底處於怎樣的狀況下，心裡頓時充滿了恐慌及混亂，可是我既無法叫出聲來，也沒辦法移動身體逃出去。眼前只有我從未見過的黑暗，無邊無際的，完全漆黑。我期待著能有一絲光線劃破這無邊的黑暗，然而那一刻卻遲遲不肯到來。

寂靜之中，甚至連鐘錶秒針的轉動聲都沒有，所以我無法確定到底過了多久，但右手手臂的肌膚卻開始感受到溫暖，就和陽光照在手臂上時所感覺的那種溫暖一樣。可是，如果是那樣的話，為什麼我卻看不到這個在陽光照耀下的世界呢？我不明白。

我想自己會不會是被關在什麼地方，試著移動身體，想從那個地方逃出去，可是除了右手臂以外，身體其他部分一動也不動，好像都融進了周圍的黑暗裡一樣。

我想右手也許能動，於是在右手臂上使勁。我想要移動身體的其他部位時，身體完全沒有感覺，但是這次我感覺到手在動。肌肉在微微地伸縮，我感覺到只有食指在動，但在黑暗中，我無法確認那究竟是不是真的。不過，我感受到食指的指腹和床單接觸的感覺，我的食指應該是輕輕地上下動了一下。

在無聲的黑暗裡，我不停地上下擺動著食指，我能做的也只有這些。不知道就這樣過了多久，但我覺得同樣的動作已經重複了好幾天。

忽然，我的食指接觸到一樣東西，是一隻像是剛洗完盤子的冰冷的手。我之所以說那是一隻手，是因為我感覺到食指好像被纖細的手指纏繞著一樣。我居然沒有聽見那個人走路的聲音，就像黑暗中平空出現了一隻手。

我吃了一驚，但同時也發現除了自己以外，還有其他人存在，我為此感到高興。

那個人似乎很慌張地握住我的食指，在此同時，我也感覺到有人把手心貼著我的手腕。我想，大概是握住我食指的人把另一隻手放在我的手腕上吧。在這隻手帶來的輕微壓迫感中，我感覺右手腕的肌膚接觸到一種像金屬般又硬、又冷的東西。

我猜可能是那個人手指上戴著的戒指接觸到我的肌膚，立刻想到一個左手戴著戒指的人。我明白了，摸我手腕的人一定是我的妻子。我聽不見她的說話聲、腳步聲，甚至衣服摩擦的聲音，黑暗中也看不見她的臉，唯一能感覺到的，就是她的手一次又一次地撫摸著我的右手腕。

她的手帶來的觸覺從我的手上消失，我又一個人被留在黑暗裡。只要一想到她再也不會回來了，我就拚命地上下擺動著食指。我不明白為什麼我的眼前一片黑暗，她卻似乎可以看見周圍，可以自由地來回走動，我想她應該也可以看見我上下擺動的食指。

過了一會，我的右手再次有被觸摸的感覺，我立刻意識到不是我妻子的手，那是一雙硬邦邦、佈滿皺紋的年老手掌。那個人好像在檢查什麼似的，撫摸我的手指和右手心。那隻手在我的食指上動著，好像在為它按摩。我拚命往食指上用力，而那隻手好像在測量我的力氣似的，緊緊捏住我的食指，這麼一來，我的手指完全不是對手，立刻動彈不得了。我這時意識到，自己的手指即使能動，也不過是上下擺動一公分罷了，只要稍微有外力的阻擋就完全不行了。

接著，一種像針一樣尖銳的東西刺激著我的食指指腹，因為疼痛，食指自然地動彈了一下，這時手指上的疼痛立刻消失了，但針尖馬上又刺到手心上。在寂靜和黑暗之中，突然的疼痛襲擊讓我措手不及，心頭一驚。我帶著半抗議的意思上下擺動了幾下手指，這時針刺的疼痛又消失了，彷彿有一條法則，只要動一動食指，針就會被拿掉。

我的右手被那根針刺了幾遍，拇指、中指、指甲和手腕，每刺一個地方我都很痛，然後不得不頻頻擺動手指。針刺的位置從手腕慢慢向上一點點地移動，正當我擔心針慢慢會刺到我的臉上時，疼痛突然在手肘關節的地方消失了。最初我想，那人終於停止用針刺我了，可是我突然意識到，我根本感覺不到右手肘關節以外的部分有肌膚的存在。即使我的肩膀、左手、脖子和腳被針刺了，我也根本感覺不到。

我意識到，自己能夠感到疼痛的地方只有右手肘關節以下的部分。靜電似的麻痺感覆蓋著我的右手，在沒有聲音和光線的世界裡，只有這種感覺確確實實存在。

過了一會，又有人握住我的右手，不是剛才那隻粗糙的老人的手，而是一隻年輕的手。從那纖細的手指帶來的觸覺，我立刻知道那是妻子的手。

她不停地撫摸著我的右手。為了表示我能夠感覺到她的撫摸，我拚命擺動食指。我想像不到在她眼裡這樣的動作代表什麼，也許在她看來，這只不過是手指的痙攣罷了。要是可以發出聲音的話，我早那麼做了，可是我根本連在用自己的力量呼吸都感覺不到。

過了一段時間，我覺得右手好像被提了起來，手貼著床單的觸覺消失了，緊接著手心貼上了一種柔軟的東西。我立刻明白，那是妻子的臉頰。我感覺到手指被打濕了，她的臉頰是濕的。

我的手腕被她的手支撐著，前臂內側接觸到一樣堅硬的東西，那好像是妻子的指甲。

她的指甲像畫畫似的在我的肌膚上滑動。最初我不知道她想幹什麼，在她一遍遍地重複同樣動作的過程中，我漸漸明白了，她用指甲在我的手上寫字。我把精神都集中在右手的皮膚上，想知道她的指甲是怎樣活動的。

「手指　YES＝1　NO＝2」

她用指甲寫下這樣一組簡單的文字。我理解了她的意思，上下擺動了一下食指。一直重複寫著同樣文字的指甲觸感消失了，隔了一會，妻子用一種試探似的速度再度在我的手上寫起來。

「YES?」

我讓食指上下擺動了一下。就這樣，我們以這種笨拙的方式溝通的生活開始了。

## 2

我身處於一個無邊無際、完全黑暗的世界。這裡一片寂靜，聽不到任何聲響，我的心陷入了一種無邊的寂寞當中。即使身旁有別人在，只要不接觸我的皮膚，那就和不存在沒有分別，而妻子每天都來陪伴這種狀態下的我。

她在我的右手內側不斷寫字，讓黑暗中的我得知外界的各種消息。最初還沒習慣的時候，即使集中精神感受她的動作，還是很難分辨她寫的是什麼字。每當沒弄清楚她寫什麼的時候，我就擺動兩下食指表示否定，然後她就把寫過的字重新再寫一遍。漸漸地，我辨別文字的能力愈來愈強，後來我甚至能在她寫字的同時，立即就理解她的意思了。

如果相信她在我手上寫的內容的話，我所在的地方是醫院的病房。四面是白色的牆壁，病床右邊有一扇窗，她就坐在窗戶和病床之間的椅子上。

我在十字路口等待綠燈的時候，打瞌睡的司機駕駛著一輛貨車撞過來，讓我受了重傷，全身多處骨折，內臟也受到嚴重損傷，腦功能發生障礙，使我失去視覺、聽覺、嗅覺、味覺，還有右手前臂以外地方的觸覺。就算骨折能夠痊癒，那些感覺也沒有希望恢復。

得知自己的狀況後，我動了動食指。不管心裡有多麼深切的絕望，此時的我連哭的能力也沒有了。要將我悲哀的呼喊傳達給她的方法，就只剩下擺動手指了。可是，她能看到我的悲哀嗎？在她看來，像能劇面具一樣毫無表情地躺在病床上的我，只不過是動了動手指頭而已。

我無法用眼睛迎接早晨的來臨。但當我感覺到陽光的溫暖包圍著右手皮膚時，我知道黑夜過去了。最初在黑暗中甦醒過來時的那種麻痺感逐漸消失，肌膚的感覺也恢復到了以前的狀態。

早晨到來後不久，我會突然感覺到妻子的手，於是我知道，她今天又來病房看我了。她先在我的右手寫上「早安」，然後我動一動食指表示回應。

到了晚上要回家的時候，她會在我的手上寫「晚安」，然後她的手就會消失在黑暗中。每當這時我都會想，自己是不是已經被遺棄了，妻子是不是再也不會來了。分不清是睡著了還是醒著的黑夜過去，當右手在陽光的溫暖中再次接觸到她的手時，我才能真正感到安心。

她一整天都在我手上的皮膚寫字，告訴我天氣和女兒的情況等各種事情。她說，她得到保險金和貨運公司的賠償金，目前的生活沒有什麼問題。

除了等待妻子告訴我各種消息以外，我沒有別的辦法。我想知道時間，卻沒有辦法讓她知道我的需求。不過，她每天早上來病房看我的時候，都會在我的右手上寫下當天的日期。

「今天是八月四日。」

一天早晨，妻子這樣寫道。意外發生後已經過了三個月，那天的白天，病房裡來了客人。

妻子的手忽然離開了我的右手腕，我一個人被遺留在黑暗無聲的世界裡。過了不久，我的右手接觸到一個小小的溫暖物體，它像出了汗一樣濕潤，而且熱呼呼的，我很快就知道那是女兒的小手。妻子用指尖在我的右手臂上寫了字，告訴我，她父母帶著女兒來看我了。一歲女兒的手，大概是由妻子放到我的右手上來的。

我上下擺動食指，向岳父、岳母和女兒打招呼，他們來看過我好幾次了。和妻子不一樣的手依次觸摸我的右手，那是岳父、岳母向我問好的方式。他們觸摸我的右手時留下的觸感各有特徵，首先，我能感覺到每隻手不同的柔軟和粗糙程度，還有從觸摸皮膚的面積和速度，我可以感覺到他們內心的恐懼。

從女兒的觸摸中，我感覺不到她的恐懼。她的觸摸方式好像在試探眼前的不明物體。我在女兒的眼裡大概並不是一個人，而只是橫臥著，一動也不動的物體罷了。這讓我受到莫大的打擊。

女兒跟著外公、外婆回去了。我想起她觸摸我時的感覺，就覺得好心痛。我記憶中的女兒還不會說話，遇到意外前，她甚至還沒叫過我一聲「爸爸」。然而在我知道女兒用什麼樣的聲音說話之前，我卻永遠失去了聽力，也永遠看不見她蹣跚學步的樣子，永遠聞不到把鼻子貼在她頭上時嗅到的氣味了。

有知覺的只有右手的表面，我覺得自己好像變成了一隻右手，在意外中手被截斷了，身體和右手分離，而又因為某種原因，「我」這個思考的主體住進了斷掉的右手裡。雖說我躺在醫院的病床上，可是這和一隻斷臂在病床上躺著沒什麼區別。看到這樣的我，女兒怎麼可能認得出我就是她的父親呢？

妻子的指尖在我的右手上滑動，問我是不是為了無法看見女兒成長而悲傷。我動了一下食指，告訴她是的。

「很痛苦嗎？」

妻子這樣寫道。我肯定地回答。

「想死嗎？」

我毫不猶豫地選擇了肯定的答案。根據妻子提供的訊息，我是依靠人工呼吸器和打點滴來維持生命的。只要她伸伸手，關掉人工呼吸器的開關，我就能從痛苦中獲得解脫了。

妻子的手從我的右手上挪開了，我被留在黑暗中。我不知道她要做什麼，但我想像著她從椅子上站起來，然後繞過病床，向人工呼吸器走去。

可是，我錯了，妻子的手忽然又一次出現在我唯一的知覺中，她好像沒有從椅子上站起來，而是一直坐在我身旁。

從接觸面的形狀判斷，放在我手臂上的好像是妻子的左手掌，但是感覺和平時有點不同。平常她用左手心撫摸我的手臂時，戒指帶來的冷冰冰感覺消失了，她好像拿下了戒指。我還沒來得及思考為什麼，就感到有什麼東西在敲打著我的手臂。

敲打的東西好像是手指。說是敲打，但力量不像是用手心拍打那麼大，像只用了一根手指頭，輕輕地敲在我的肌膚上。她的手指在同一處敲了好幾次，好像在猶豫什麼，又好像在為某件事情做熱身運動。

最初我以為妻子想對我說什麼，可是她的手指連續敲打著，好像沒有要等我回應的意思。

敲打的手指最初是一根，不久增加到兩根，好像用食指和中指交替著敲打。皮膚感受到的壓力愈來愈強，我感覺到她開始用力彈起來了。

手指的數目漸漸增加，最初分開的敲打逐漸連成一串，最後，十根手指一併在我的手臂上跳動起來，感覺像一枚枚小炸彈在手臂上連續爆炸一樣。接著，她的力量減弱，一顆顆雨滴劈哩啪啦地打在我的手臂上。我明白了，原來她把我的手臂當成鋼琴鍵盤在彈奏。

靠近手肘關節的部分是低音鍵，靠近手腕的部分是高音鍵，我按照這樣的規律再去感受她的敲擊，發現她的敲擊的確可以奏出音樂的旋律。一根手指敲打在皮膚上的感覺只是一個點，但是當它們連結起來的時候，手臂上好像形成了波浪。

我的右前臂好像變成了寬闊的溜冰場。妻子的手指帶來的觸感剛從手肘關節處順暢地一直線滑到了手腕，忽然又像快步走下樓梯一樣答答答答地跳回手肘關節的位置。她時而讓手指在我的前臂上瘋狂跳躍，大地都彷彿會因此震動；時而又讓十根指頭像窗簾在微風中飄擺一樣，輕輕地從我的手上滑過。

自從那天以後，妻子每次到病房來看我的時候，都會在我的右手上彈奏一番，之前用來寫字的時間都變成了音樂課。在彈奏前和結束後，她會在我的手上寫出那首曲子的名稱和作者。我很快把它們記住了，遇到喜歡的曲子時，我就動動食指。我是想用它來表示鼓掌的，可是這個動作在妻子眼裡代表了什麼，我不敢肯定。

我的周圍，比終年照不到一絲光線的深海還要深沉、黑暗，是連耳鳴的聲音都聽不見的完全靜寂。在這樣的世界裡，妻子的手指所帶來的觸感和節奏，就像是單人牢房裡，唯一的一扇窗。

意外發生之後過了一年半，冬天來了。

不知是不是妻子打開了病房的窗戶，外頭的冷空氣吹到右手上，我吃了一驚。在無聲的黑暗中，我看不見有人靠近窗戶或打開窗戶，因此也無法預知吹到手上的冷風。我想大概是妻子在打開窗戶換換氣吧，右手的皮膚感受到室內溫度的下降。

過了一會兒，我的右手接觸到一樣冰涼的東西，應該是妻子的手指，然後，手指在我的手臂上寫了幾個字。

「嚇了一跳？」

我動了一下食指表示肯定，但無法得知妻子看到我的回答後是怎樣的表情。

手指又寫了幾個字，這次是告訴我演奏就要開始了，她還說，在演奏前先讓她暖暖手。

手臂上感受到一股溫暖潮濕的風，我推測那應該是她為了暖手而吹出的熱氣，吹到我的皮膚上來。暖風消失後，演奏開始了。

我已經牢牢地記住她手指彈奏的次序、位置和時間等等。即使她不告訴我曲名就開始演奏，我也能很快知道她彈的是哪首曲子。當她的手指在我的皮膚上跳動時，我總覺得我能看到一些影像，有時是模糊不清的色塊，有時是過去曾經度過的幸福時光。

同一首曲子，我卻總是聽不厭，因為她的演奏不是絕對一成不變的，每天都會有微妙的差異。當我完全記住一首曲子後，便能透過皮膚察覺演奏中那細微的時間差，由此形成了不同的影像，在黑暗中產生與上次聽同一首曲子時不同的景色。

不知從什麼時候開始，我發覺那種微妙的差異才是妻子內心世界的表現。她的心安定、平靜時，手指的動作就像睡夢中的呼吸一樣溫柔。當她的內心充滿矛盾和疑惑時，我能察覺她的彈奏中有一瞬間彷彿從樓梯上滾落下來。在彈奏時，她無法說謊。我的皮膚所感受到的刺激，潛藏著她最真實的聲音。

妻子的彈奏突然中斷了，溫暖的氣息再次撫摸著我的手臂，我好像透過黑暗望見她那被凍得發紅的細長手指。隨著手臂上的氣息消失，演奏又恢復了。

指尖的觸感像是搖晃著手肘至手腕般移動著，我感覺到自己好像躺在海邊的沙灘上，溫柔的波浪一層層地拍打在我的手上。

我回想起事前，和妻子之間曾經說過互相傷害的話，心情因為後悔而倍受煎熬。我想向她道歉，然而，我已經沒有任何方法可以向她表達我的心情了。

## 3

為什麼不乾脆讓我死掉呢？我在心裡無數次詛咒上帝。為什麼我必須在黑暗和無聲的世界裡，熬過生命中剩下的幾十年，保持這樣的狀態變老到死呢？想到這裡，我就真希望自己能夠從此瘋掉。一個瘋掉的人沒有時間觀念，不曉得自己是誰，那麼我就可以變得平靜了。

但我不能動彈，也無法發出聲音，只留下了思考能力。無論腦袋如何思考，我都看不見、聽不見，也不能表達自己的心情，只有充滿了對光明和聲音的渴望。

妻子和其他人在黑暗的彼岸來回走動，然而，我卻沒有任何辦法能將自己所想的傳達給他們知道。雖然我能夠透過食指來肯定或否定那寫在手臂上的問題，但這樣是不夠的。在旁人看來，我和一個躺在床上、面無表情的人偶沒什麼差別，可是事實上，我的腦中總在思考著各種各樣的事情。

但是，我只能靠上下擺動幾下食指來將自己所想到的事吐露出來，這樣的感情出口也著實太小了。即使內心感情澎湃，但我既不能哭，也無法笑，我的胸膛就像把水積存到極限的水庫一樣，肋骨沒有從內側被撐斷，簡直是奇蹟。

我這樣真的可以叫做活著嗎？像我這樣，不過是一塊會思考的肉塊罷了。活著的人和肉塊之間的界線到底在哪裡呢？我自己又應該屬於哪一邊呢？

我到底是為了什麼而活到現在的？難道說是為了變成這樣的肉塊，才從娘胎出生、去學校上課，然後工作的嗎？人到底是為了什麼目的而誕生到世界，在地上生活到最後死去的呢？

我想，要是我沒有出生該多好啊。事到如今，我連自殺都沒有辦法。如果我的食指下面有一個往自己血管裡注入毒藥的開關，我會毫不猶豫地按下去。然而，沒有人會大發慈悲地為我準備這樣的裝置，我也沒有辦法向別人提出要求。

我想停止思考，可是在無聲的黑暗中，唯一活著的就是我的腦髓。

不知不覺間，車禍發生後已經過了三年。妻子每天都會到病房來陪我，她在我的手臂上寫字，告訴我當天的日期、家裡發生的事情，以及世界各地的新聞等外頭的事。她從沒在我的手臂上吐露過內心的痛苦和悲傷，總是告訴我，她今後都會一直陪在我身邊，讓我鼓起勇氣。

根據妻子提供的消息，我得知女兒已經四歲，可以蹦蹦跳跳，會說話了，可是，我無法確認那是不是真的。就算女兒因為感冒沒治好而死了，我也沒有辦法知道。就算妻子告訴我的日期不正確，就算家裡的房子被一場大火燒光了，我也不會知道，我只能相信妻子告訴我的都是事實。

儘管如此，有一天，我察覺到妻子露出的破綻——那是她在我右手臂上為我彈奏的時候。

她的手指為我的手臂帶來觸覺刺激，讓我的腦海裡浮現出各式各樣的影像，我想那應該和她腦海中的影像是一樣的。從這個管道得知的妻子樣貌，應該比從手臂上的文字內容更真實。

那天，我和往常一樣，傾聽著她所彈奏的無聲音樂，那是一首我已經聽她彈過好幾百遍的曲子。第一次聽這首曲子的時候，從她頻密跳動的手指觸感，我想像出一幅小馬奔跑的圖像，但是那天，我聽到的曲子裡找不到小馬奔跑的影子。曲調有微妙的紊亂，我從她的指尖感受到的，是一匹疲倦的馬拖著沉沉的腦袋在緩緩前行的景象。

我想妻子是不是遇到了什麼不如意的事，但她在我手臂上寫的文字裡，絲毫沒有陰沉晦澀的詞語，還是和以前一樣只有一些明快、讓人充滿信心和勇氣的話。我無法詢問她的情況，也無法窺探她的表情，只有彈奏和言語間的矛盾留在我心裡。

她的演奏中帶著疲憊的影像並不單發生在那個時候。從那次以後，她不管彈什麼曲子，皮膚上組成的音樂中都再也找不到明朗和輕快，相反地，卻讓人感受到她的窒息和看不見前途的絕望。她在彈奏中表現出來的差異其實微乎其微，一般應該是難以察覺的，可能連她自己都沒有注意到她的演奏和以前有所不同吧。

我意識到，她累了。

很明顯，原因就是我。我不能像一付枷鎖一樣縛住她。她還年輕，還有充裕的時間來重新開始自己的人生，可是因為我這樣半死不活，讓她無法重獲新生。

要是她和別人再婚的話，會不會遭到旁人非議呢？還是會得到他們的同情和理解呢？總之，她不忍心拋棄變成了肉塊的丈夫，每天都到病房來把我的右手當成琴鍵，為我演奏。

然而毫無疑問地，她的內心充滿了痛苦。不管她再怎麼用語言偽裝，她的指尖卻展現了她心中所感。我在演奏中窺見的那匹筋疲力盡的馬，可能就是她自身的樣子吧。

妻子那充滿著無限可能的人生，今後將一點點地消耗在陪伴這團肉塊的日子裡。我在意外中失去了人生，而為了照顧我不得不每天來病房的妻子，也是一樣。

一定是她那顆善良的心使她無法拋棄變成了肉塊的丈夫。

我不知道該如何是好，但我必須使她重獲自由，然而，她的離開就意味著我將永遠一個人被遺留在黑暗和無聲的世界裡。更重要的是，即使我想到什麼，也無法讓她知道我的想法。除了將自己交給她以外，我別無他法。

時間並未因黑暗和寂靜而停止，意外發生後已經過了四年。隨著時間的流逝，妻子的彈奏中那沉重和苦悶的氣氛愈來愈濃烈了。那種微妙的感覺，常人恐怕是感受不到的。但對我來說，妻子的彈奏就是我的全世界，所以我能敏銳地感覺到她的痛苦。

二月的某一天。

她在我的手臂上彈奏了一支明快的曲子，指尖密集地敲打在我的手臂上，這讓我看到一隻蝴蝶在風中翩翩起舞的樣子。乍看予人平和的感覺，可是仔細一看才發現，那隻蝴蝶的翅膀上沾滿了血。那是一隻無處停歇、不管多痛苦也不得不永遠不停地拍動翅膀的蝴蝶。

彈奏持續了一會兒後中斷，她一邊休息，一邊在我的手臂上寫起字來。內容是一些和演奏截然不同的愉快家常話。

「指甲又長得這麼長了，我得趕快幫你剪掉。」

寫完之後，她碰了碰我的食指，想看看我的指甲。我把所有的力氣都用在食指上，想用指甲抓破她的皮膚，讓血流出來，藉此表達我要她殺掉我的願望。

我希望她殺死這可憐的肉塊，我祈求讓自己結束這所謂的生命而獲得解脫。然而食指的力量太弱，根本不能達到我的目的，甚至無法按動她的手指，我充滿詛咒的情緒沒法發洩。

儘管如此，她似乎還是透過皮膚的接觸感受到一點點我的心情，這是我在她重新開始彈奏時感覺到的。

妻子落在我手臂上的指尖，像是演奏者揪緊了胸口似的彈奏著。她在我手臂上彈奏的不再是剛才明快的樂曲，而是像墮入無邊黑暗的洞穴一樣的曲子。

「彈奏」這個詞實在不足以形容她的動作。我感覺到她把內心深處的情感都集中到手指上，運用它們瘋狂地撞擊著我的皮膚，我甚至感到被指甲抓到皮膚時的疼痛。這種疼痛源於她內心的苦悶與痛楚，一種不得不把自己的人生和對肉塊丈夫的愛放到天秤兩端而引發的痛苦。每當她的指尖接觸到我的肌膚時，什麼也不可能聽見的我卻好像聽見了她痛苦的吶喊。她在我手臂上的彈奏，比以往我所接觸到的任何東西都更有一種瘋狂的美。

過了一會兒，就像琴弦「啪」的一聲斷了一樣，彈奏戛然而止，手臂的肌膚上出現了十個尖銳痛點，我想大概是妻子十個手指頭的指甲刺在我的手上。接著，幾滴冰涼的液體落在手臂上，我知道，那是她的眼淚。

手臂上的壓迫感很快便消失了，她也隨之消失在黑暗中，不知她是不是離開病房去了什麼地方，過了好一陣子，她都沒有回到我的皮膚表面來。她的手指離開了，但那疼痛卻還留存著。當我自己一個被遺留在寂靜和黑暗中的時候，我終於想到一個自殺的方法。

# 4

突然有東西出現在我右手的手臂上，從接觸到的面積和形狀，我很快判斷出那是一雙手。那手上佈滿了皺紋，表面很僵硬，從它的觸摸中找不到妻子那樣的柔情和關愛，我立刻意識到，那是醫生的手。自從四年前在黑暗中醒來以後，我不只一次接觸過這雙手。

我想一定是妻子把醫生叫來的。我想像著她在一旁緊張地等候醫生診斷的樣子。

醫生提起我的右手，手臂側面的床單觸感消失了。醫生握住我的食指，然後像按摩似的彎折食指的關節，像在檢查食指的指骨是否正常。

接下來右手被再次放回床單上，醫生觸摸的感覺消失在黑暗的深處。過了一會兒，我感覺到食指指尖被針刺了，非常痛，可是這次我已經事先預知了，於是我強忍著疼痛，不讓食指動彈。

我是在昨天晚上下定決心的。夜晚過去了，當我的皮膚感受到從窗口照射進來的溫暖朝陽時，我的自殺行動已經開始了。妻子和往常一樣到病房來看我，在我的手上寫了「早安」，但我沒有動一下食指。

妻子最初可能以為我還在睡，她的手離開我的右手表面，消失在黑暗深處。她好像開了窗，外面的空氣吹到我的手上。外面似乎非常寒冷，吹到手上的空氣冷得幾乎可以讓人失去知覺。妻子每天都告訴我當天的日期，所以我知道現在已經是二月了。我的腦子裡想像著妻子的樣子，她看著窗外的景色，呼出白色的氣息。

只要不觸摸我的右手，即使有人在病房裡，失去眼睛和耳朵的我也不可能知道。但是那天早上，直覺告訴我，妻子打開窗戶後就坐在床邊，等待我從睡夢中醒來。我感覺到她的視線落在我的食指上所帶來的壓力。我死也不動一下手指，始終保持著沉默。

過了一陣子，妻子好像意識到我的手指不動有些異常，她輕輕拍了拍我的右手，在手臂上寫了一行字。

「喂，該起床了。已經快中午了。」

四年來，她寫字的速度和複雜程度已經和說話沒什麼區別，我也可以像聽聲音一樣，透過皮膚來理解她所寫的話。

我沒有做出任何反應，於是她又開始等待我醒來，過了一陣子，她又拍拍我的手叫我起床。這樣反覆了幾次以後，已經中午時分，她終於忍不住叫醫生來了。

醫生不單用針刺我的食指，右手的手掌、小指的關節，手腕等所有地方都用針刺了一遍，但我必須堅持住，不能因為疼痛或驚嚇而動手指頭。我必須讓醫生和妻子認為，我的手指已經不能再動彈，我的肌膚已經不能再感受到刺激。我必須讓他們相信，我已經成為一團不能再與外界有任何交流的肉塊。

不一會兒，醫生用針刺的疼痛消失了。我始終沒有動一下手指，自始至終保持著沉默，恍如一塊石頭一樣。

接下來的一段時間，誰也沒有碰我的右手，我想一定是醫生在向妻子說明檢查的結果。過了很久，溫柔的手為右手帶來了觸感，我不用尋找冰涼的戒指就可以肯定，那是妻子的手。

她將我的右手掌心朝上平放著，然後把兩根手指放在我的手臂上，從位置和觸感來判斷，那應該是食指和中指。我彷彿看見黑暗深處浮現出兩根白白的手指，指尖帶來的觸感很微弱，感覺朦朦朧朧，那觸感從手肘關節輕輕地滑到了手腕。

一些如髮絲一般細細的東西落在手臂上，然後散開了。手心裡有一種濕濕的、柔軟的壓迫感，我立刻知道是妻子把臉頰貼在我的手心裡。黑暗中，我看到她跪在床前，臉靠在我手心裡的樣子。

她呼出的溫熱氣息輕輕地衝擊著手腕的表面，向手肘關節的方向溫柔地拂過我的手臂。但是，那氣息一過了手肘關節位置，就在黑暗中消失得無影無蹤了。

「親愛的，動動你的手指頭吧。」

臉頰的觸感從手上消失了，指尖又開始在手臂上寫起字來。

「難道真像醫生說的那樣，你的手指不能再動了嗎？」

她寫完問題以後，留了一段時間來等待我的回答。看見我的沉默以後，她又一個勁地寫起來，她寫的是從醫生那裡聽到的診斷報告。

醫生對於病人不再用食指做出反應一事，也無法下準確的判斷，不知道是最終陷入了全身麻痺的狀態，或者只是手指不能再活動，但肌膚仍然可以感受外界的刺激。醫生還對她說，也有可能是長期的黑暗使病人不再對外界刺激有所感覺了。

「親愛的，你的手還有感覺對吧？你的手指還能動對不對？」

妻子的手顫抖著，慢慢地寫道。在黑暗無聲的世界裡，我注視著那些詞語。

「你在撒謊。」

幾滴可能是眼淚的液體一直滴落在我的手臂上，讓我聯想起屋簷滴下的雨水。

「你只是在裝死對不對？你聽著，如果你還不做出反應的話，我以後就不再來看你了哦。」

她移開了手指，像在等待我的回答。我感覺到她在注視著我的食指，但我仍然一動也不動，於是她又再次開始寫起來。她指尖的滑動愈來愈快，愈來愈急，我能從中感受到一種全心全意向神靈叩拜、祈求保佑時的認真和執著。

「求求你，回答我。否則，我將不再是你的妻子。」

她的手指這樣寫道。在黑暗中，我看到她哭泣的樣子。我的食指仍然一動也不動。我甚至在完全無聲的寂靜中，感受到我和妻子之間的沉默。不一會兒，她的手指無力地搭到我的手上。

「對不起，謝謝。」

她的手指在我的皮膚上慢慢地滑出幾個字，然後她的指尖離開我的手臂，融進了黑暗中。

從那天以後，妻子仍然到病房來探望我，為我演奏，不過不再是每天，而是每兩天來一次。這個頻率不久就減為三天一次，最後她的來訪變成了一星期一次。

用手臂聽得出來，妻子以前的彈奏中那種沉重和苦悶消失了，連續跳躍的指尖觸感好像一隻小狗在手臂上跳舞。

有時能從她的彈奏中感受到一種近乎罪惡感的情緒，我想那是妻子對我的內疚。她有這種感覺不是我所希望的，然而不可思議的是，這種情感使彈奏更加動人。在手臂上流淌的無聲音樂中，我窺見她向命運乞求原諒的美麗身姿。

演奏的前後，妻子仍然在我的手臂上寫字，和我說話，但我始終沒有做出反應。而她好像也不在乎，不停地用指尖向一動不動的肉塊報告自己的近況。

有一天，我右臂上出現了一隻戰戰兢兢的手。我在黑暗中集中注意力，想知道那是誰的手。那手比妻子的小得多，而且更加柔軟。在小手旁邊是妻子的手，我知道，那小手是女兒的。

我記憶中的女兒是還必須被妻子抱在懷裡的嬰兒，可是現在，女兒的手觸摸我手臂的時候，不再是嬰兒般不帶任何意思的觸摸方式了。我從她的觸摸中可以感覺到，她對一具無法言語、橫躺的肉體抱有的恐懼和好奇。

「我現在正在教這孩子彈鋼琴。」

妻子在手臂上這樣寫。然後妻子的手離開我的皮膚，接觸我的只剩女兒一個人。

女兒的手和成年人相比好像更加尖細，感覺好像手上放了一隻小貓伸出的爪。

女兒的手指開始笨拙地彈奏起來，彷彿伸出爪子的小貓在肌膚上跳躍、打滾。她彈奏的曲子非常簡單，根本無法和妻子的演奏相比，但我的腦海裡浮現出女兒專心一意地彈奏的身影。

從那次以後，女兒也常常和妻子一起來看我，在右手臂上為我演奏。隨著時間的流逝，女兒的琴藝一天比一天精湛。我從手臂上跳躍的指尖觸感中，感受到女兒開朗的性格。演奏中偶然夾雜著一些不受拘束、非常活潑和容易厭倦的性格元素，透過女兒在手臂上編織成的世界，我比親眼所見更加深刻地了解到她的成長。

不久以後，女兒上小學了，她用尖尖的手指，在我的手臂上慢慢地、慎重地寫下兩個字。

「爸爸」。

字體是小孩子特有的，有些歪歪斜斜，但寫得很清楚。

又過了很長很長的時間，沒有人告訴我經過了多久，我無法知道自己身處何年何月。不知從何時開始，妻子再也沒有來看過我，女兒的來訪也同時中斷了。

是妻子發生了什麼事情，或者只是把我遺忘了，我不得而知，沒有人告訴我她的情況，我只能一個人想像。如果是因為生活忙碌充實，沒有時間想起我這個像個肉塊的丈夫，我會很高興，因為她不應該再和一個不會說話的物體糾纏不清。遺忘，是我最希望的結局。

我最後一次在手臂上聽女兒演奏的時候，她的琴藝已經可以和妻子媲美了。女兒已經很久沒有到病房來，她應該已長大成人，也許已經結了婚，生了小外孫了。我無法得知時間流逝了多久，也不知道女兒現在的年紀。

其實，別說女兒了，我連自己多老了也不得而知。我甚至想，也許妻子都已經年老體衰，壽終正寢了也不一定。

我的世界依然是一片黑暗和寂靜，床單上躺著的右臂也無法再感受到陽光的溫暖。我的床大概已經被移到一間沒有窗戶的房間裡，而世界依然沒有消失，是因為我殘缺的生命依舊靠人工呼吸器和藥物點滴而延續著。

我想像自己一定是被塞進了醫院的角落裡，像存放舊物品一樣。那裡一定是個像儲藏室一樣的房間，周圍堆放著各種積滿厚厚灰塵的東西。

再也沒有人觸摸我的手，醫生和護士可能都已忘了我的存在，但這又有什麼關係呢？有時往食指上一用力，發現它依然能上下活動。

手臂上還隱約殘留著妻子和女兒在上面彈奏時留下的感覺。我一邊在黑暗中回味，一邊想像著外面正在發生的一切。人們今天依舊唱歌，依舊聽著音樂吧。就算我被當作一件不會說話的物品，存放在儲藏室裡，時間仍然是不會停止的。自己雖然置身於黑暗和寂靜之中，然而，世界還是充滿光亮和聲響的，人們一定還是和以往一樣出生，並且生活、歡笑和哭泣，繼續不斷重複著生命的旅程吧。我描繪著永遠失去了的風景，靜靜地把自己交給了黑暗。

# 後記

角川書店出版我的首部單行本《GOTH斷掌事件》時，書末曾經放了一個〈未來預報〉的廣告，這本短篇集就是將之改名而來的。而其實書內收錄的四篇小說中，有三篇曾刊登於雜誌《The Sneaker》中。

〈未來預報〉是於二〇〇一年初夏時寫的，在寫《GOTH斷掌事件》的第一話之前不久，大學畢業後的幾個月。那時，朋友不是忙著考研究所就是投身社會工作，其中只有我一個人什麼都沒做，每天打混過日子，於是我產生了危機意識，而所謂危機意識，就是不投入社會工作，只靠寫小說可以餬口嗎？但是，如果要我正正經經地找一份工作，我一定會神經衰弱得要到處去找上吊用的繩子吧。所以，我早已決定放棄普通人的生活。

那時，碰巧編輯那兒有個邀約，「雜誌要做一個關於悲痛的特集，你來寫關於這類的故事吧。」我為了生活便接受了這份工作，然而這卻是惡夢的開始。

我沒有任何靈感。「悲痛」這種束縛，真的令人苦痛萬分。

我向他們打聽究竟為什麼要做「悲痛特集」，他們說，因為我之前寫的短篇小說也很具有「悲痛」的味道。那個故事是以我在大學時代所思考的事情來當創作原動力的，但隨著畢業，我的煩惱早已消失，腦中的縐摺也變得平滑，平滑到甚至忘記了應該如何寫小說。該怎樣塑造出場人物好呢？該如何鋪陳整個故事呢？如何打字？如何儲存檔案？如何打開電腦？如何換褲子？我全都忘了。但是，截稿日卻一天一天逼近。我後悔了，如果當初沒有接受這份差事該有多好。我想我只有以死謝罪。如果有一個已打開的罐頭放在身旁，我就會用罐蓋那凹凸不平的切口割腕。不過很可惜的是，我身旁並沒有罐頭，所以我就活到了現在。真的很危險呢。

我就是在這樣的狀態下寫出〈未來預報〉的。在「某某特集」時，我那頑固的腦袋早已立誓不要再受金錢誘惑而接下工作。但是，這個誓言不知何時從我平滑的腦袋上慢慢滑到耳朵，接著在不知不覺間消失得無影無蹤——那也不過是幾個月後的事情。

「請你為我們的恐怖特集寫點東西吧。」

「我知道了。」

雖然接下了這個工作，但我還是沒有任何靈感，晚上就四處找罐頭，但因當時我的主要食糧是夾心麵包，所以一個罐頭也沒有。可能有點離題，但我的身體有三分之一都是由夾心麵包組成的。我會閱讀別人寄來有關夾心麵包的新聞郵件，我可是站在夾心麵包業界的最前線，其實，我的電腦桌布也是夾心麵包的相片呢。看過的朋友都臉色發青地說：「你瘋了……」自此以後，有朋友來我家時，我一定會事先換一張「正常」的電腦桌布。

我就是在這樣的狀態下寫出了〈膠卷中的少女〉。經過這兩件工作，我明白了一點：

若不是自己想寫的時候，就無法開始寫作。如果要寫的小說早有既定的題目，不知何故，我就會四處去找罐頭，所以我決定不要再為酬勞而輕易地接下工作了。

在這個大前提下，〈小偷抓住的手〉就是我非常喜歡的一部作品，因為那純粹是我想寫而寫的，我感覺到我那平滑的大腦，終於也跑出了美好的一面。

新作終於在最近完成了，那是二〇〇二年十一月的事。那時，我突然聽起古典音樂來，然後有種「呀，對了。」的感覺，就寫起故事來。如果可以經常這麼容易便有靈感浮現，就不用這麼辛苦了，但拜我那平滑的大腦之賜，這樣的次數很少。另外，我的新作最後卻沒有如期推出，那時候如果傳出了我死亡的消息我也願意承受。我的首本單行本《GOTH斷掌事件》剛推出不久，但我並不打算趁勢進軍主流小說。我現在只想一邊用《GOTH斷掌事件》的版稅，一邊為興趣而悠閒地寫小說（某出版社的小說），完全無視截稿日期，讓周圍的人都嚇呆了。不過，我覺得現在非常幸福。

感謝你把這篇後記讀完。

二〇〇二年十一月二十四日

乙一

國家圖書館出版品預行編目資料

寂寞的頻率 / 乙一 著；楊爽、秦剛 譯. -- 二版. -- 台北市：皇冠, 2019. 08
面; 公分. --(皇冠叢書；第4747種)(乙一作品集；4)
譯自：さみしさの周波数
ISBN 978-957-33-3472-9 (平裝)

861.57　　108012379

皇冠叢書第4747種
乙一作品集｜4

# 寂寞的頻率

さみしさの周波数



作　　者—乙　一
譯　　者—楊　爽、秦　剛
發 行 人—平　雲
出版發行—皇冠文化出版有限公司
臺北市敦化北路120巷50號
電話◎02-27168888
郵撥帳號◎15261516號
皇冠出版社(香港)有限公司
香港銅鑼灣道180號百樂商業中心
19字樓1903室
電話◎2529-1778　傳真◎2527-0904
總 編 輯—許婷婷
責任編輯—蔡承歡
封面設計—朱　疋
美術設計—嚴昱琳
著作完成日期—2003年
二版一刷日期—2019年8月
二版二刷日期—2023年8月
法律顧問—王惠光律師

讀者服務傳真專線◎02-27150507
電腦編號◎533104
ISBN◎978-957-33-3472-9
Printed in Taiwan
本書定價◎新臺幣300元/港幣100元

# 謎人俱樂部贈品兌換卡

◎請沿虛線剪開、對摺、裝訂後寄出。

**我要選擇以下贈品**（須符合印花數量）：☐A ☐B ☐C ☐D ☐E ☐F

| | | | |
|---|---|---|---|
| 1 | 2 | 3 | 4 |
| 5 | 6 | 7 | 8 |
| 9 | 10 | 11 | 12 |

**【個人資料蒐集、利用及處理同意條款】**

您所填寫的個人資料，依個人資料保護法之規定，皇冠文化集團將對您的個人資料予以保密，並採取必要之安全措施以免資料外洩。您對於您的個人資料可隨時查詢、補充、更正，並得要求將您的個人資料刪除或停止使用。

本人同意皇冠文化集團得使用以下本人之個人資料建立該集團旗下各事業單位之讀者資料庫，做為寄送出版或活動相關資訊、相關廣告，以及與本人連繫之用。本人並同意皇冠文化集團可依據本人之個人資料做成讀者統計資料，在不涉及揭露本人之個人資料下，皇冠文化集團可就該統計資料進行合法地使用以及公布。

☐同意　　☐不同意

## 我的基本資料

姓名：＿＿＿＿＿＿＿＿

出生：＿＿＿＿年＿＿＿＿月＿＿＿＿日　性別：☐男 ☐女

職業：☐學生 ☐軍公教 ☐工 ☐商 ☐服務業

☐家管 ☐自由業 ☐其他＿＿＿＿＿＿

地址：☐☐☐☐☐＿＿＿＿＿＿＿＿

電話：（家）＿＿＿＿＿＿（公司）＿＿＿＿＿＿

手機：＿＿＿＿＿＿＿＿

e-mail：＿＿＿＿＿＿＿＿

◎請沿虛線剪開、對摺、裝訂後寄出。

我對【乙一作品集】系列的建議：

寄件人：

地址：□□□□□

| |
|---|
| 北區郵政管理局登 |
| 記證北台字1648號 |
| 免 貼 郵 票 |

〔限國內讀者使用〕

105020

台北市敦化北路120巷50號

**皇冠文化出版有限公司 收**